日和
hiyori

让阅读成为日常

熊的铺路石

熊の敷石

〔日〕堀江敏幸 ◎著

米悄 ◎译

湖南文艺出版社

图书在版编目（CIP）数据

熊的铺路石 /(日) 堀江敏幸著；米悄译. -- 长沙：湖南文艺出版社，2023.7
（日和）
ISBN 978-7-5726-1108-7

Ⅰ.①熊… Ⅱ.①堀…②米… Ⅲ.①短篇小说—小说集—日本—现代 Ⅳ.①I313.45

中国国家版本馆CIP数据核字(2023)第057659号

日和
hiyori

熊的铺路石
XIONG DE PULUSHI

著　　者：	〔日〕堀江敏幸	译　　者：	米　悄
出 版 人：	陈新文	责任编辑：	夏必玄
封面设计：	少　少	内文排版：	钟灿霞　钟小科

出版发行：湖南文艺出版社
　　　　　（长沙市雨花区东二环一段508号 邮编：410014）
印　　刷：湖南凌宇纸品有限公司
开　　本：880mm×1230mm　1/64　　印张：3　字数：60千字
版　　次：2023年7月第1版　　印次：2023年7月第1次印刷
书　　号：ISBN 978-7-5726-1108-7　　定价：35.00元

版权所有，侵权必究

目　录

熊的铺路石 / 1

沙贩路过 / 125

在古堡 / 157

熊的铺路石

无意间误入荒山，在日落前的微暗之中，一条神秘的小路突然出现在眼前。那路面像人造草皮一般坚固，到处都是奇怪的凸起，同时又覆满了柔软的植被，煞是玄妙。或许是因为附近有野兽出没，周遭散发着微弱的生物气味，甚至能感觉到体温。误打误撞走到这里，实属不幸中的万幸，就连疲惫不堪、不听使唤的双腿也开始机械地向前挪动起来。大不了就生一堆篝火，在这儿过上一夜吧！我在心中刚刚做出这样的决定，整个地面就开始蠢蠢欲动，如同一张巨大的黑色毛毛虫地毯，我脚下一绊，一屁股跌坐在地,身体却被波状运动中的地面不停地朝上拱。我又惊又惧,顿时将疲劳抛诸脑后,慌不择路地在树林间一阵乱跑,等反应过来时,发现自己已经跑到了一座小山丘的岩场上。我气喘吁吁地耸动着肩膀,俯视着眼前的草甸。就在短短几分钟前,那里还像个乐园,而此时,软绵绵的漆黑路面上隆起了一颗巨瘤,幻化成一座奇岩城堡。凝神细看,那是无数头双脚直立的黑熊,摩肩接踵,推推攘攘地连成带状,正在朝山岳的深处移动。怎么回事?刚才踩在脚下的难道是熊背?我竟然一直在吸饱了黑色沥青、布满硬茬的毛皮上舍命狂奔?我大汗淋漓,慌乱中又不小心弄丢了毛巾,只能呆呆地杵在原地,任额头和后背被汗水浸透。在熊群拥挤的远方,一座孤岛凸起在黝黑的海面中央,呈不甚规则的等腰三角形。一阵微风从海上吹来，带着潮水的腥香。咸咸的热风灌进喉咙，仿佛要把本就呼吸不畅的气管填埋起来，我感觉嗓子眼儿发紧，想喝水，便四下搜寻，想找些冰凉的东西解解渴，我的目光停留在下方不远处，一泓清泉正从岩缝中汩汩涌出，我跟跟跄跄地走过去，朝涌泉蹲下了身子。当我用双手掬起一捧泉水送入口中时，一股浓稠的甘甜和冷冽径直扎向口腔深处。那颗弃治已久的蛀牙遭到突袭，我不由得厉声惨叫，霎时忘记了蠕蠕涌动的熊群地毯，也忘记了口渴，除了蹲在地上忍受剧痛的折磨之外，再无多余的心力。

柔和的光线透过木百叶窗上镂空的菱形孔洒落在地面，将等幅宽的窗影忠实地拓印在无釉瓷砖上。房间里的空气清透而凉爽，但或许是因为睡在一张打不开的破沙发床上，脸紧贴着靠背，睡姿太憋屈的缘故，也可能是由于刚才那个诡异的梦做得实在是太逼真，我感到浑身燥热，口干舌焦，右边的后槽牙跟梦里一样嘶嘶作痛。桌上的座钟显示时间已经过了九点半。扬是什么时候出的门，我居然丝毫没有察觉。我慢腾腾地起身，进了洗手间，从固定在墙上的双开门吊柜中找出一瓶不知什么时候的阿司匹林，接了一杯自来水，将药片丢进杯中。细密的气泡发出沙沙的声响，快速涌上水面，我目送着它们一大半都扑哧扑哧地消失在空气中之后，将这杯微微刺激舌头的速溶药水一口气干了下去。我一边暗自祈祷牙痛会因此而得到缓解，一边在瓷砖镶得不够整齐的淋浴间里冲了个温水澡。

透过一扇小小的上掀式通风窗，可以看到外面有一排木桩，间距不等。广阔的境域内点缀着<u>一丛丛灌木</u>，据说，越过一座从这里看不到的山丘，住着距此最近的邻居，但我完全感觉不到周围有人烟。连接在木桩之间的，不是带刺的铁丝网，而是粗粗的铁丝，但全都像电线一样松松垮垮地垂着，令人充分怀疑它的围挡作用。这间浴室是以前的屋主利用仓库旁边的一块空地自己动手搭建起来的，地面坡度与排水沟之间过渡得不是很好，如果用水量太大就赶不及排走，造成淹水。我小心控制着水势，用微弱的水流尽量让自己清醒过来。踩过湿答答的脚垫，梦中的黑色地毯栩栩如生地回魂再现。

穿过低矮的树林，行驶在起伏平缓的绵延村路上，三重两叠低悬在半空的云彩下，收割过的麦田泥土裸露，牧场上奶牛闲散。老实说，从这样的田园风景旁疾驰而过，来到诺曼底地区一个偏远的小村庄，住进这座乡间农舍，纯属机缘巧合。暌隔数年之后再访巴黎，起先我几乎都是独自度过的，因为该做的工作还没做完，过去的老朋友如今也都各就其职，在暑假到来前突然联络显得有些不合时宜。令人欣慰的是，工作进行得比较顺利，我处理完差事，时间上也有了富余，自然想见见老朋友。在这种情况下，自由职业者是最合理的选择。我试着跟两年未通音信的扬取得联系，拨通了他父母家的号码，接电话的是与我有过数面之缘，也曾交谈过的扬的父亲，我一报出自己的姓名，扬父马上提高了声调说：喔！我记得你，你过得还好吗？寒暄过后，我解释说自己曾经给扬去过几次信，都没收到回复，如果他搬了家，想知道他的新地址。扬父笑道：那小子连自己的爹妈都懒得联络，请你多担待吧。其实他离开巴黎已经整整两年了，现在号称"停泊"在诺曼底的一个小村子里。我没去过他那儿，不知道他住的是什么样的房子，不过据说那里很偏僻。扬父说着，放下听筒，取来了备忘录或是别的什么，把扬的联系方式给了我。我知道扬会在一年中做几个月的兼职工作，攒够了钱就四处旅行，搞搞摄影，但我没想到他会离开巴黎郊外的那间工作室——他曾公开表示自己很喜欢那里，不打算动窝。扬父告诉我时间得足够晚才能联系上扬，我依言行事，在当晚接近午夜的时候打了电话，但拨了好几次，接通的只是电话答录机。无奈，我只好将自己旅馆的电话号码留在了录音里，第二天一早，我终于听到了扬酷似他父亲的声音，只是音调略显得高亢一点。

"抱歉啊哥们儿，你的信被转寄到这里，我全都收到了。忙东忙西的，一直都没能回信。

明天一早我就要动身去爱尔兰,一时半会儿回不来,所以要见面的话只有今天了。你还会在巴黎待几天?"

"两个星期。"

"哎呀,我计划离开二十天,看来等我回来以后就太晚了。其实我恨不得马上就去找你,可是为了旅行,我还需要做一些准备。如果你不介意的话,咱们何不约个地方见上一面呢?找个巴黎之外的地方会合吧!比如,卡昂附近怎么样?你坐火车大约需要两个小时。我开车过去。从家里出发,开快点大概一个半小时就到了。咱们一起吃个饭再分手吧。"

若是现在不见面,大概又要等上几年。反正我下午没有任何计划,为了会友,体验一下单程两小时的一日游也不赖。目前我手头的工作只是整理出原著的梗概,只要有字典、纸和铅笔，在任何地方都能进行。如果换个环境，说不定短时间内效率还会提高。我保留了酒店的房间，只带上一只小背包就赶往车站。查过时刻表，买好车票之后，我跟扬敲定了碰面的时间，登上了火车。

周末的列车相当拥挤，我集中精神看了会儿书，后来不知怎的，跟同车厢一个斯文有礼的学生哥儿聊了起来。这位身高足有一米九的年轻人正准备返乡——一座名为维勒迪约-莱-波埃勒（Villedieu-les-Poêles）的小镇。在他的介绍下，我了解到很多关于他故乡的轶事。我打趣道："维勒（Ville）是城市，迪约（dieu）是上帝，莱波埃勒（Le Poeles）是平底锅，这么说，在很久很久以前，上帝曾在你们小镇用平底锅做过饭吧？"学生哥儿一本正经地向我介绍说："在波埃勒，就连平底锅都是铜制的呢！因为我们那儿也是历史悠久的铜制品产地,虽然没有铜矿,却为法国各地的教堂铸造铜钟,也称得上是远近闻名了。"其间,有个随同母亲一起乘车的少年在车厢里到处溜达,不知为何对我们产生了兴趣,或许是因为学生哥儿在回答他的问题时态度诚恳,少年顺势加入了我们的谈话,有的没的闲扯了很久。少年拼写成IYWAN(伊凡)的姓氏在诺曼底地区古已有之,话一聊开,他就立刻变得像个多年老友似的肆无忌惮,抛出了各种不太礼貌的问题。一会儿提出要玩猜人游戏,给了一个莫名其妙的提示,自顾自地咯咯直乐,一会儿突然开始说起学校的事情,骄傲地宣称他们每周都有三堂电脑课和三堂体育课,接着话锋一转,又表示自己对普通女生没兴趣,只喜欢热情奔放的女孩子(fille de passion)。于是,这个脸上泛着红潮的少年让我有幸得知，在乡下小学生的语汇中就已经有了诸如此类的表达。他一听说我来自日本，十分惊讶，不停地追问我为什么没有长成吊梢眼。人的面孔长相是各种各样的呀！有的人的眼睛吊上去，也有的人的眼睛是垂下来的，你不也是这样吗？我用手指比画了一下，模仿伊凡略有些下垂的眼角回答道。他对此没作回应，而是靠在座位的扶手上，懒洋洋地晃着腿，将话题转到了完全无关的方向："我长大了想当一名兽医，要么就做个电脑工程师。"我调侃道："兽医和电脑工程师之间的差别也太大了吧？"他似乎不满意我的反应，丢下一句："等着瞧，我不是兽医就是电脑工程师。"说完终于离开了我们。

"诺曼底的孩子喜欢动物，所以很容易会有当兽医的想法，我小时候也是一样，曾经想当兽医或者消防员来着。"

学生哥儿露出温和的笑容,似乎在尽力为少年辩护。梦想是各种各样的,他静静地补充道。我突然想起在酒店的电视上偶然看到的一档节目,便讲给他听。节目报道了某个村子的一项传统赛事——醋栗取种锦标赛。比赛要求在不破坏醋栗果实的前提下,用镊子取出里面的种子,在限定时间内,取出的种子数量最多的人获胜。一位老奶奶最终夺冠,她在赛后接受采访时说:"我母亲当年也赢得过这项比赛,很高兴我们母女两代能够薪火相承,名留青史,我实现了自己多年的梦想。如此说来,这也是梦想的一种形式啊。"

"我有个朋友梦想在卡芒贝尔[①]投掷锦标赛

---

① 卡芒贝尔村位于法国诺曼底奥恩省维穆捷附近,法国标志性美食之一——卡芒贝尔奶酪即得名于此。

上夺冠。"学生哥儿说道。

"卡芒贝尔?"

"我们那里毕竟是乳制品产区嘛!这项比赛要求用掷铁饼的动作要领,把过期的卡芒贝尔干酪扔出去,看谁投的距离最远。"

我的脑海中浮现出一尊美轮美奂的古希腊雕塑,那微微放低的身躯正处于即将投掷的前一秒。

"那么,你的朋友有没有实现他的梦想?"

"有。"

"冠军纪录是多少?"

"五十七点三八米。"

"……"

男子铁饼的记录应该也在差不多的水平吧?多么惊人的数字啊,投掷出去的尽管并非重达两公斤的铁饼,不也很了不起吗?若为减轻重量,趁着弯腰抱臂的时候倒是可以偷偷啃上几口,但就算逃过了裁判的眼睛,奶酪落地之后也会露馅,所以还是做不得手脚。毫无疑问,这是一个光明正大的数字。我想象着劈开空气划出一道壮丽弧线的奶酪圆饼,在一种奇妙的感动氛围的包拢下,与文质彬彬的学生哥儿握手道别,先于他下了火车。下午三点过后,我终于在约定的车站再次见到了扬。

他在熙熙攘攘的乘客中发现了我,举手示意。上次见面时还勉强维持着局面的头发,如今已经从他的脑袋上消失得无影无踪,光溜溜的头皮仿佛经过低温杀菌一般,释放出清洁的光芒。除了光头,扬还有两只很有特点的耳朵,尖尖的耳垂上挂着当年难以想象的耳坠子。一对眼窝凹陷在高高的前额下,看上去似乎比以前还要幽深,但或许是由于出站口的位置刚巧背阴的缘故。因为许久未见,一开始还有些不自然,但当我坐上副驾驶席,车子跑了一阵子之后,数年间的空白渐渐消失,昔日的感觉又回来了。咱们好久都没在一起痛痛快快地聊天了,我开口道,大概有五年了吧?扬将一只手从方向盘上拿开,冲我伸出食指,戏剧性地咂了几声舌头说,刚才我就在想这个问题,最后一次是在电话中聊的,就在你回国之前,你从某个酒店给我打了个电话。这么说来,我跟扬最后一次见面的时间,应该更早了。

"那时我刚开始到采石场去打工,就在那之后不久,你还记得吧?我拍了很多石材的照片,带回来给你看过。"

"你这么一说我想起来了。我回日本的时候,你还送给我一张很奇怪的特写照片当作临别赠礼。拍的是一堵墙,用大石块垒起来的,接缝很粗,但不是打印出来的照片,是一张复印纸,画面非常清晰。"

"当时为了省钱嘛,就用复印的,选的是照片模式。我想那张照片拍的应该是本地的石材加工厂。离我家不远就有花岗岩的采石场和加工厂。其实,花岗岩开采行业已经渐渐萧条了,但要是没有它,城市里就没办法整修铺路石,所以还挺成问题的。我现在隔三岔五地还会去那里做事,但不收报酬。作为交换条件,我获得了拍摄许可,可以为工匠们照相。"

扬的声音和语调一如从前。阳光透过云层洒下来,光线尽管微弱,也在他银色的耳坠上形成刺目的反射,晃得旁边副驾驶席上的我坐立不安。车站周围只有一些廉价餐馆,主要为服务夏季旅客而设置,午时已过,就连露台座位上都不见人影,沿着虚有其表的商店街无论跑到哪里，都找不出一家让人满意的馆子。到底是谁提出在这里会合的？我们回过神来，终于有力气相互埋怨几句，但实际上扬自己也不常来这种地方，所以并不熟悉。好歹也是快速列车的停车站，周围为什么这么萧条啊，我不由得抱怨。扬的表情变得严肃起来，解释说，这座小镇的古建筑已经被空袭摧毁，本打算按原样修复，最后造出来的却只是一些似是而非的东西。与之相比，这样的布景也许还算不错了。"唉，你要是不忙就好了，可以去我家慢慢聊。"扬颇有些遗憾地嘟囔道。

"再往郊外走走，倒是能找到一些像样的小餐馆，不过，为什么不去我家呢？你可以赶末班火车回城里呀，怎么样？要不，今晚干脆就住下好了，一宿不回酒店也没关系吧？明天一早你可以跟我一道出门，如果喜欢的话再多住几天也行啊。那里的环境很适合写作,安静极了。"

说写作并不准确。我接了几项按件计酬的工作,只是对外文原著进行摘译,总结梗概,作为翻译出版可行与否的评估资料提交。到了巴黎之后,已经搞完了两本我不太感兴趣的小说摘要。双肩包里除了贵重物品外,只有一本《简明法日词典》、一部进度催得不那么急的原著和一个小笔记本。因为原计划当天往返,所以我连换洗的衣物都没带。但此刻,扬津津乐道的花岗岩工厂突然使我兴趣大增,我开始觉得,如果有机会参观,倒是值得暂时克服一下眼前的困难。

"我们会经过采石场和加工厂吗?"

"当然会啦!不过今天是周末,里面可能进不去。怎么样?去不去?"

我犹豫了片刻才说:"那就听你的,偶尔呼吸一下乡下的空气也不错。"于是,眼看就要驶上直行路的车子被扬猛地一脚轰起油门,轮胎承受着巨大的负荷,来了个一百八十度大转弯。游乐场旋转咖啡杯似的G字形回转,让周围的风景瞬间发生了改变,扬的耳坠摆来摆去,发出喀嚓喀嚓的声响,随意丢在仪表板上的照相机顺势掉落在地。这是扬重要的商务工具,他却不慌不忙,伸出一只手捡起来,按下了快门,相机发出魔术师切牌一般轻微的刮擦声。扬确定机器正常,就让我帮他拿着,随后将皮卡开上了一条视野开阔的道路。天空空旷,没有大型建筑物的介入,却有平坦的云朵低低覆盖,并未带给人想象中的开阔感。扬手握方向盘,边开车边向我介绍周围的地形和村子的构成,那口吻活像个地理学家。在贯穿麦田中央的国道上跑了大约三十分钟,扬说附近有一个摄影地点,他本打算今天跟我分手以后顺路去一趟的。"抱歉,给我点时间。"扬说着便踩下刹车,居然在辅助车道都没有的路肩停了下来。他一把抓过相机冲下车去,动作灵活地避开一辆接一辆从后面疾驰而来的大货车,一径突破对向车道,手脚麻利地爬上了铺满枯草的土堤。我不甘心一个人被丢在车上,遂逗起匹夫之勇,顾头不顾尾地也冲过了反向的车道。跟在扬的身后,我发现自己所处的一角属于一片广阔的麦田,那里矗立着三座锈迹斑斑的水塔,塔高约两米,扬爬上了最右边的那座,将镜头对准了收割之后扎成捆的数量庞大的麦子。大概是从经验中掌握的技巧,每一座麦垛都堆得大小相当,不差上下,但是有的垛子左右失衡,边角耷拉下来,有的垛子参差不齐的背部凹陷下去，每一堆的形状都有着微妙的不同。目之所及，上百堆麦穗聚合体上洒满了阳光，偶有乌云蔽日，麦垛的色调便立刻暗沉下来，乍看上去，宛若默然静止的野牛群。大约十五分钟后，扬从塔上下来了，据他说，上次在这个地点拍摄是去年冬天，当时，有一台老式拖拉机吐着白烟在苍茫的雪景中缓缓爬行。看来，他是打算错开季节进行定点观测。

拍摄一结束，我俩就东张西望地穿过公路返回车内。汽车离开主干道，沿着一条起伏和缓的狭窄道路继续行驶。山坡上，名为博卡日[①]的耕地被低矮的防风篱笆围起来，郁郁葱葱，绵延广布。家家户户门前都有一些不大的长方形石块，按照一定的间隔埋在土里，石块之间栽

---

① 指衬有树篱的田园风景，是法国北部一种树木茂盛的乡间特色，拥有小而不规则的田地以及许多篱笆与小灌木。

种着树木。这样一来,树根就会缠在石头上,根系扎得牢,抗风能力也随之提高。每一个村子里都耸立着一座石砌教堂,教堂的背后是墓地,无一例外。人的生与死就在一个小巧紧凑的社区里比邻相依。我们来到其中一个村子,扬在坐落于高地上的教堂前广场停了车,建议稍事休息。他似乎来过几次,熟门熟路地将我带到广场的一角,提醒我去看长凳旁边的导览图。根据上面的说明,这里是遥望圣米歇尔山修道院①尖塔的最远地点。导览图的周围铺了石阶,条件差强人意。据说在天气晴好时,从山顶村庄这座平淡无奇的观景台上,可以一睹那座哥特式建筑的壮丽仪容。可惜现在云雾缭

---

① 圣米歇尔山是天主教圣地之一,坐落于芒代省的一处滩涂上,涨潮时形成孤岛,退潮时通过滩涂与陆地相连,山上的修道院在基督教徒心中地位崇高,且风光壮美。

绕，什么也看不到。尽管如此，我还是多少有些惊讶，因为根据之前的印象，我一心以为扬的家应该在遍布着草地和果园的丘陵地带附近，现在听说是在这个能看到圣米歇尔山修道院的地点再往北，意味着他的住处距离大海相当近了。

"令尊只告诉了我你的电话号码，而且咱们原来只说在卡昂碰头，所以我想都没想过，难道，你住的房子就在海边？"

"不，我住在一个内陆村庄的边缘地带，但距离可以望海的阿夫朗什大约三十分钟车程。"

"且慢且慢，"我打断了他，"阿夫朗什？不会吧？难道是利特雷的那个阿夫朗什？"

"你是说编辞典的那个利特雷吧？没错，利特雷一家都是阿夫朗什人。"

"嘻！怎么不早说呢？我要是知道你住在

阿夫朗什附近，立马就会答应去你家。"

一上车，我就从背包里拿出一本书递给扬。封面上以人物肖像为背景的铜版画占了很大篇幅。我带出来的工作就是为利特雷的传记撰写介绍文章，还要对文本进行部分摘译。马克西米利安·保罗·埃米尔·利特雷（Maximilian-Paul-Emile Littré），十九世纪后叶编撰了卷帙浩繁的《法语词典》。我之所以没有选择小说，而是带了这本小标题众多的传记出来，不过是出于一种更切合实际的考量，因为我觉得小说不一口气读完，趣味性就会减半，而这本书在旅途中阅读起来会更轻松。阿夫朗什（Avranches）这个单词里，不是告解（Ave），就是洗白（Blancher），要么就像日语中的油（Abura）那样给人一种黏腻感，这样的地名不知为何在我的耳中听起来总是感觉很沉重，如果不是在书的开头就出现，我很难立刻将它与诺曼底和利特雷联系起来。

"镇上有一所高中就是以他的名字命名的。所以，他在自己的出生地享受的也是名人待遇哟！我家里还有《利特雷辞典》呢，虽然只是散本，也算是前任租客留下来的纪念品吧。不过话说回来，我因为工作的关系还真认识一个毕业于埃米尔·利特雷高中的人，据他说，挂在他们学校集合厅里的利特雷肖像因为太丑陋，学生们不停抱怨，后来学校居然真的把它给撤掉了。真是过分啊。"

利特雷，智慧与好奇心的渊薮，十九世纪的语言巨匠。高中生们却拒绝接受这位大人物的肖像。不过，学生们的心情也并非不能理解。利特雷前额窄小，头发梳得服服帖帖，戴着一副小小的椭圆形银边眼镜，这些虽然无不彰显他温和稳重的知识分子身份，但是他的下嘴唇却像牛蛙似的突出来，厚墩墩地拱成了个走之底，那独特的风貌活脱脱是讽刺漫画的绝好素材。然而，仅仅因为长得潦草了点就遭到年轻人的全盘否定——更何况是经常会依赖《利特雷辞典》的年轻人——简直是奇耻大辱。我心中不胜唏嘘，转念又想到自己能在阿夫朗什附近度过一段阅读利特雷传记的时光，竟激动得难以自持。我决定一到扬家就给巴黎的酒店打个电话，告知对方我今晚不回去住了。在轻装出行，两手空空的情况下改变计划实属鲁莽，我也知道自己早已过了享受这种鲁莽的年纪，但两个人一聊起来，让我不由得想起从前的种种往事。当年，我漂泊在异乡，人生地不熟，扬为了给我打气，带我去过很多地方。

那个时候，扬也刚刚开始独立生活，大概也

憋着一股劲儿。彼此怀抱的紧张感无疑成为相互吸引的最初诱因,若非如此,他也不会突然约我到犹太人街去吃饭。当他说要让我尝一尝犹太特色被控制在最低限度的三明治时,那口吻听上去像是在游说我加入什么新宗教。我被他半强迫式地拉了去,当时我并不知道他是犹太人,再加上对当地的地理方位也没概念,所以搞不懂为什么自己会被带到那样一个街区。傍晚,我跟着他搭地铁来到圣保罗,在蔷薇街的一家食品店里,买了用特殊屠宰方式拆解下来的肉制成的火腿,还买了泡菜、加了香辛料的黑面包和一支以色列产的红酒。这家食品店过去一度是巴勒斯坦武装组织的攻击目标,遭受过炸弹袭击,造成多人伤亡。店家将事发时的现场照片制成牌子,跟一些名人照片一起挂在显著位置,从街上就能看得清清楚楚,让人充分感受到其顽强不屈的商业精神。或许这种宣传方式颇见成效，该店客流不断，收银台前排了长长的队列，老半天也不见动一下。为了节省时间，我先排队，扬去拿需要的商品，然后再插到我前面。排到我们时，扬抢着要请客，我站在他身后，发现他付钱的时候左手绕到背后，手上抓着一个大大的罐头。出了商店，我询问究竟，扬把他的大鼻头探进夜色里，哈哈一笑，得意地说道：当然是偷的咯！

"别的东西不是都付了钱吗？你的意思是只有这一件是偷的？"

"付了钱的都很便宜，我身上的钱可买不起这个。"

他顺手牵羊偷出来的东西，是浸在香料和橄榄油中的葡萄叶包米饭，做成了可以长期保存的罐头食品。知道是没付钱顺来的，我不由得心慌,虽然看得到印在罐头上的标签,但根本就没心思记住商品名称。那段时期,我要申请生活所需的各种手续,生怕稍有不慎就会造成阻碍,所以活得很敏感,处处谨小慎微,极力避免让自己处于不利境地。我担心事情一旦败露,自己也脱不了干系,不禁有些恼怒,而压制住这种自私的恼怒也颇费了一番力气。然而,由于偷得太过明目张胆,我反倒无从抵抗,只能乖乖地继续跟在扬的身后。我们穿过塞纳河,在西堤岛人行道边的一条长凳上坐了下来,扬从背包里掏出自带的黄油、干巴巴的格鲁耶尔奶酪和矿泉水摆在凳子上,拔去瓶塞,将葡萄酒倒进纸杯里,又拿出事先准备好的开罐器——看来偷罐头是有预谋的——撬开了那份沉甸甸的战利品。葡萄叶里的馅料带着浓郁的橄榄香气和岩盐般的清雅咸香,又融合了葡萄似一簇微弱的火焰,需要保持一种无法碰触的距离,这种国籍、年龄、性别都容纳不下的理解之火会突然闪现,火在即缘在,火熄则缘灭。在不幸熄灭之后,依然会有温暖暂存。或许"不明所以"一词本来就是一个方便的工具,可以根据发言者的体温随意使用。至少,对于扬来说,我是不带任何企图和算计的白纸一张,所以他自然会放松警惕。但是在我心中,这种"不明所以"地选择某人来谈论家人的态度,和偷罐头时堂而皇之的表现,存在着某种关联。从那时起,我就决定信任扬。除了我,当时应该还有其他顾客注意到他藏罐头的把戏,但我作为紧挨在他身后的人,既未揭穿,又没责怪,所以也可算作共犯了。所谓鲁莽,也包括共享诸如此类的秘密,而几年后重聚,我又被他"不明所以"地带到阿夫朗什附近,此刻的心情,与当时的感觉非常相似。

  教堂前广场仅有一家略显陈旧的小吃摊，兼营报纸杂志和香烟，我们叫了份三明治来吃。因为午间套餐用光了法棍面包，店家大叔别无他选，在征得我们同意之后，切开硬皮的乡村面包，将当地产的新鲜黄油和生火腿夹在里面，为我们做了一餐聊可垫饥的食物。饭后，我们驾车穿过一座以生产香肠而闻名的小镇，顺着丘陵的起伏一路行驶，开上了一条视野闭塞的蜿蜒小路。沿着右手边的溪谷继续前行，景色渐渐单调枯涸，白花花的岩石开始裸露在地表。扬说这个地区之所以会成为苹果酒的产地，是因为水质较差，用来酿酒当然要好过生饮。车子在扬的讲解中继续前行，不一会儿，我们要找的采石场出现在河边，但到底还是因为周末，厂内无人，大门紧锁。

"没辙了。里面的样子你就用家里的照片将就一下吧。"

扬没停车,继续穿过厂区,在一条布满锋利碎石的狭窄村路上又行驶了很长一段距离。这么远的路,他先前居然不到一个半小时就赶到了会合地点,究竟是如何做到的?我越发觉得不可思议。他笑了,说他一去一回走的是不同的路,在路况较好的公路上,车子跑得起来,就不会有多远。拐了几个小弯之后,终于见到一片茂密的树林,"我们到了",话音未落,一片宅地就在眼前展开,两块近乎立方体的天然石材拔地而起,俨然一座院门。车子从堆放着干草和木柴的谷仓旁边经过,来到一栋房子前,山墙上现出已经褪色的红砖肌理。

"欢迎光临,这是我的家。"

扬张开双臂将我让进房内。里面是一个开

间,面积大约十五叠席(约二十五平方米)。右手尽头有楼梯通向阁楼,一面原住户留下的巨型挂钟赫然据守在正对着的墙面上,表针已经停止了走动。钟前方横七竖八地摆着些据说是从不同的废品站捡回来的沙发之类的家具。扬指着嵌在左边墙上的壁炉,以一种合该如此的语气告诉我说,连里面用于反射热量的厚铁板、蛇纹式风箱也都是在拆屋现场偶然发现的物件。壁炉台上,法兰西岛滚球锦标赛①的亚军奖牌像一块矿物标本似的随意搁在那里。

"我自己买的,只有这台马歇尔牌真空管吉他音箱。"

放下行李稍事休息,扬带着我在房子周围转了一圈。四周很安静。据说邻居家距我们刚

---

① 法式滚球运动于1907年正式诞生于法国南部小镇,此后发展为法国全民运动。

才经过的村路大约三百米,似乎还养着牛和鸡,但我能听到的只有小鸟的鸣啭、树叶的摩挲、流过山麓的小溪的潺湲以及我们踩在碎石路上的足音。院子里种着苹果树和梨树,一对老夫妇,也就是大挂钟从前的主人,曾经使用过的烤面包房闲置在庭院的一角,但烧窑已经损坏,不能再用了。这附近的几户人家都会用自家院子里的专用作坊烤出方才在小吃摊上吃到的那种硬皮的乡村面包,不用特意去镇上的面包店,就能自给自足。乡村面包放久了会变硬,但可以切碎入汤。吃汤而非喝汤,可谓一种相当写实的语言表达了,一碗材料丰厚的汤,确实可以饱腹。房子的后院缓坡向下,一直连到邻家的境域,交界地带有一个陶艺造型似的白色物体,里面伸出一条蓝色的棒状芯子,我饶有兴味地走过去端详,扬过来解释说,这就是牛经常会舔舐的岩盐块。旁边有几丛野生的黑醋栗，扬扯过树枝，摘了几颗果子递给我。我含了一粒在嘴里，感觉比市场上卖的那种醋栗要酸，但一点都不涩，口感清爽。我又采了些果实包了满满一手帕，大大咧咧地说要带回去放到酸奶里吃，搞得扬突然有点儿窘。

"早知这样，刚才咱们打城里经过的时候应该买点儿吃的。因为我明天要出发，所以本来打算在外面吃晚饭来着。"

回家一看，冰箱果然空空如也，家里只有罐头青豆、酸黄瓜、草莓酱，还有几种日期不详的意大利面，以及别人送的波旁威士忌。扬在餐桌的胶合板抽屉里——在日本从未见过的家具设计——翻了半天，终于翻出两个茶包，将它们丢进一个壶盖四周积满了茶渍的壶里，用热水泡上。他屈着一只手肘把桌上零乱的杂物哗啦啦推到一边,将布满了裂纹的黄色陶瓷杯放在桌面上。

"果酱瓶呢?"

"还没冷到需要喝俄式茶炊的程度哦。"

"不是这意思。以前你不总是用果酱瓶喝茶吗?也不管旁人觉得多奇怪。"

"啊——我已经不干那种傻事了。都是青春往事咯,那时你我都年轻。"

我虽然不喜欢把一切都归咎于年轻,但那时扬的一些离经叛道之举确实有刻意之嫌,也许因为他跟父母相处得不够融洽,总是心情焦躁所致。他跟二战前的山人似的,总是随身带着一把折叠刀,连去餐厅吃饭都要用自带的刀具切鱼割肉,拒绝使用店家的餐刀;他在房间里焚香,熏得满屋子甜腻腻的气味;他半夜打来电话,让我陪他在路灯下借着灯光玩滚球——我与扬就是在教区举办的以老年人为主的滚球比赛上认识的；为了攒钱买辆二手露营车去法国各地旅行，他还曾向朋友们发宣传单筹集资金，可转头又把自己关在房间里闷头看书，一关就是好几天。果酱瓶也是他广为人知的怪癖之一，在喝茶或咖啡欧蕾的时候，他用好妈妈牌果酱瓶当杯子，尽管那是大众最喜闻乐见的果酱品牌，但也难免显得标新立异。他的理由是喝多了睡不着，喝少了不过瘾，只有好妈妈果酱瓶的容量最合适，谁也不知道他的话中有几分是真又有几分是假。他的房间里有一些据说是外婆亲手熬制的杏子、橙子和榅桲果酱，被密封在市售的带蜡盖的瓶子里，那些垂涎手工果酱，意图分得一瓶半盏之辈，渐渐地也不再拿扬的果酱杯来说事儿了。出于好奇，我曾经试用过一次，但是瓶子烫得根本拿不住不说，嘴唇贴在瓶口的螺纹上，喝起来很碍事，就算刻意恭维，也实在不能称之为好用的器皿。

  我们俩随意聊着一些有的没的。扬很清楚我在语言上的局限性，比跟其他法国人交谈更注意词汇的选择，语速也会相应放慢一些。正常来说三两句就能谈完的内容，他像对学弟说话似的重复再三，几轮下来，我们发现时间已经不早了。其间，我对以前信中所写的内容作了补充，同时提到回国之后自己跟扬一样，也没去找固定的工作，而是做做临时的商务翻译、当计时讲师教教课来讨生活。扬也不失幽默地把他在这个小村子安顿下来的前后经过交代了一番，坦言圣米歇尔山是决定性的因素之一。于是，我再次拿出读到一半的利特雷传记，将童年时代的章节中引用的文字指给他看。利特雷本人出生在巴黎的大奥古斯丁街，他的父亲是阿夫朗什人，祖上几代都是金银器匠人，而关于他父亲的故乡，利特雷借着为某本书撰写序言之机，这样写道："我爱诺曼底，我属于诺曼底。我的父亲出生在阿夫朗什，一座孤独地伫立于海岬之上的小城，苹果花盛放的时节不容错过，从那里望去，既能俯瞰迷人的田园风光，又可遥望圣米歇尔山修道院和荒无人烟的沙洲。那座年代久远、令人赞叹的花岗岩建筑充满挑战意味地投身入海，气势磅礴。大海一天两次涌起浪潮，低吟不休，向修道院围卷而来。"

十多年前，我在旅行布列塔尼的归途中，曾经从迪纳尔搭巴士去过圣米歇尔山。那是一个冷得出奇的冬日，我精疲力竭，不知不觉昏睡了过去，在同车游客的欢呼声中醒来时，只见一条连向沙洲的笔直道路的尽头，那座主体部分建于十二至十三世纪的本笃会[①]哥特式修道院正巍然矗立在眼前。尽管我早已通过照片和文字将修道院的外观印在了脑海,但身临其境,那动人心魄的恢宏气势依然让我屏息失语。涨潮时,迅疾的海水眨眼之间便将修道院包围,完全切断其与陆地的联系,整个建筑像是凭空升起在海面上的奇岩城堡,异趣盎然。从阿夫朗什远眺,修道院呈现的是东侧风貌,不如从南面望去那么风景如画,再加上相当的距离,所以视觉效果只得"投身入海"那般大小。

"说得没错哦,因为那里比刚才我们从山顶上无缘一见的地点还要偏东。哎,现在几点了?"

"七点半。"

[①] 又译作"本尼狄克派",为天主教隐修院修会。公元529年由意大利人本尼狄克(Benedictus,约480—550)创立于意大利中西部的卡西诺山。

"那好,也许还来得及。"扬半站起身子说道。

"什么来得及?"

"圣米歇尔山呀。离日落还有一点时间。如果顺利的话,我可以带你一探秘境。咱们回来的路上还可以吃点东西。"

我没回应他,而是立即抄起电话,拨通了巴黎那家廉价旅馆的号码,告诉对方我今晚不回去,无须担心。

"这才对嘛,我可以陪你到处走走。"

扬嘴角一歪,笑容绽放在半边脸上,突然变得兴致大好,嘴里一说出发就飞车上路,疾速驰骋。黄昏时分,小雨噼里啪啦地刚落下几滴,紫色的阳光转眼间又洒下来,国道在瞬息万变的天空下一路延伸,路上挤满了从英国搭渡轮过来的大型货车和准备开上渡轮的卡车,让我们花费了额外的时间。天色向晚,车子开始陆陆续续亮起车灯，天空逐渐上色，被染成淡淡的黄，重重叠叠的云与光宛如千层酥的面坯，层层堆积，宣告着欣赏壮观美景的最后时段。扬在禁止超车的车道上勇敢而果断地左冲右撞，进入通往圣让莱托马郊区的碎石路时，道路变得越来越窄，车子最后从围在白色木栅栏中的农舍地界内穿行而过。那里竖着一块招牌，上面写着"私家道路"。

"刚才那儿有标识，说是私家道路，不要紧吗？"

"没关系啦，我认识这块地的主人。每年夏天，当地的高中理科老师都会举办讲学班，到这附近来观测地层。你看那儿，他们就租那栋大房子，组织小规模的夏令营。在石材厂工作的时候，我对这种活动也很感兴趣，还曾经参加过噢！裸露的悬崖最适合研究石灰岩了。我看现在的光线应该还来得及。你闭上眼睛两分钟。"

"闭眼睛？为什么？"

"别问了，叫你闭就闭嘛！"

搞什么飞机？但我不仅没说出心中的疑惑，反倒乖乖地配合。在这种时候，扬就是个掌控一切的英雄。在法式滚球的比赛中，投出锁定胜局的一球之后，他总会露出这样的表情。车子颠簸得厉害，上下左右剧烈地摇晃着，闭上眼睛，我分不清是在直行还是在转弯。最后车子终于停了下来，发动机的声音消失了。扬从驾驶席下车，绕过来为我打开车门，拉住我的手道：

"没我的指令不要睁开眼睛哦！"

我就这样被他领着，在狂风中趔趔趄趄地爬上了一条碎石路。突然，波涛声仿佛从一个垂直的洞穴中奔涌而升，在耳边轰然响起。

"可以了!"

此刻,我们正站在海拔约三四十米高的陡峭的悬崖边上。一个没有扶手,没有任何人工设施的天然瞭望台,面对着沐浴在夕阳下的大海。海面上,薄薄一层浅棕色潮汐犹似沿着地面匍匐爬行的气泡,泛着微波,倏忽间一举退到右前方的圣马洛城邦,那里距此地直线距离约有十五公里。在悬崖的左下方,远古时代的渔夫为捕鱼而设置的鱼礁遗址展露真容,探出海面的沙滩在落日余晖的映照下,勾绘出一条黄色缎带。圣米歇尔山几乎正对着悬崖中央,身披淡淡的霞光,朦胧氤氲,忽然浮现在眼前。修道院宛如一颗孤零零的象棋棋子,被安放在浅滩和沙岸之中。我原本对闭上眼睛等惊喜这种哄小孩子的把戏感到意兴阑珊,只是敷衍着配合,但修道院的侧影瞬间将索然无味的情绪一扫而光。狂风从下方吹上来,吹过衣服,掠过头发,拂过眼镜,锋利地擦过身上披挂着的所有东西,以几乎要将身体掀翻在地的势头从鼻孔径直灌进喉咙,令人无法呼吸。我发出的声音难以顺利地送进扬的耳朵里,扬的解说也时断时续听不分明。此时此刻,一百五十年前埃米尔·利特雷用文字描绘出来的景致原封不动地在我面前展开。海云呼应,有种无法言说的和谐。仿佛诡谲多变的气象被什么人在幕后操纵着一般,微妙的色调变化蔓延至云层的所有角落。悬崖下的海滩上,一个渔夫正在岸边慢慢地踱着步,检查他布下的渔网。那副不慌不忙的样子又不像在工作,或许只是出来散散步而已。渔夫时不时弯下腰以手触地,那姿态跟海鸟的动作一模一样。看着东方沿海岸线分布的房屋顺着堤坝旁的道路连成细长的一条线,简直不敢相信今天早上我还在巴黎一家脏兮兮的一星级酒店里,透过窗户望着通风不畅的深井般的中庭。

"这里是我最喜欢的地方。"

我默然不语。无言以答。

"说点什么吧!"扬大声叫道。

"太棒了!"我拿出不亚于他的音量,喊着回答他。

"没别的?"

"我想铆足了劲儿试试,从这里扔一块卡芒贝尔出去。"

"卡芒贝尔?"

他那张一直面朝大海的脸,此刻正啼笑皆非地看着我。我低下身子,抱住自己的右臂,一边小心着不要坠崖,一边缓缓地旋转身体,做出了一个投掷动作,朝四十五度角的方向抛出去一个看不见的奶酪圆饼。

"五十三米二八!"

扬惊愕地看着我,似乎不知道该说什么才好。当我们回到车上,终于从狂风中解脱出来时,扬摇着头笑我一点都没变,居然会在这种场合想起卡芒贝尔。于是我从火车上认识的学生哥儿讲起,解释了自己这煞风景的古怪念头产生的缘由,而随着卡芒贝尔在脑海中浮现,我才发觉自己饥肠辘辘。说起来,下午只吃了一小块三明治而已。

"咱们赶紧找个饭馆进去吧。我都快饿扁了。刚才在悬崖边上要是再待几分钟,准会被风刮下去。"

车子开到阿夫朗什,寻摸了一圈餐厅,但我挑挑拣拣,觉得比萨和可丽饼满足不了自己的胃口,于是我们一路北行,来到一座港口城镇格兰维尔。在一处远离工业道路的安静码头，沿路排着一溜招待观光客的餐馆，我们选了一家，决定进去试试。码头上冷冷清清，没有车辆经过，一种名为福克的船艄三角帆的系帆索随风摇荡，咔嚓咔嚓地撞击着船体，整个港湾里的小船嗡嗡闷响，使人陷入一种错觉，仿佛握在无形之手中的许多铃铛同时被振响。店里的客人多半是穿越海峡而来的老年英国游客，两个脸颊红润、身材娇小的女侍者正操着零零碎碎的英文认真地为客人点单。我要了一份贻贝和煎鳕鱼，扬没要酒，说有责任把我安全带回家，我便也跟他一样，只点了支矿泉水。贻贝原汁原味，盐和酒的用量相当克制，但鳕鱼却干干巴巴，一吃就知道是冷冻过的。傍海的餐厅居然用冷冻的海鲜作食材，真让人想不通。或许是因为空腹吃得太急，我和扬都感觉有点胃疼，开始不住嘴地嚼起免费续添的法棍面包来，结果嚼到太阳穴一抽一抽地痛。

"今天赶得及去看圣米歇尔山，有够幸运的，但我要是先带你去参观阿夫朗什就好了，说不定会对你的工作有所帮助。"

"我已经很满足了。这次看到的风景真是超值，跟我很久以前从蓬托尔松北上的途中看到的完全不同。另外，利特雷那篇文章我刚才还没跟你讲完，后面有一段很有意思的小故事。与圣米歇尔山修道院有关。"

一两句话不好概括，我索性从背包里拿出书，小声地朗读起相关段落：

> 我的祖上曾做过金银器匠人，父传子，子传孙，世代相承。在一次家人的闲谈中，我听到了这样一个故事。据说有位先祖曾

被修道院请去修理一套铜器，铜器上饰有天使长米迦勒击败撒旦的图案，检查过待修的器物之后，那位诚实的先祖对僧侣们说："魔鬼值得一修，但天使长就没什么修复的价值了。"不幸的是，他是一名胡格诺派①教徒。事后，他非常害怕自己说过的话被曲解，提心吊胆，惶惶不可终日，最终决定改宗易教，皈依天主。从那时起，一族人都变成了天主教徒。由此可见，改宗的起因真是莫测难料。如果没有先祖那句无聊的戏言，整个氏族就还是胡格诺派，而若如此，却会永远受到诅咒。

---

① 又译作"雨格诺派"。16世纪40年代，基督教加尔文教派开始在法国传播，称为胡格诺教。当时法国南部的大封建贵族信奉加尔文教，与北方有分裂倾向的信奉天主教的大封建贵族有深刻利害冲突，曾遭受严重迫害。

扬用大拇指揉着太阳穴,不动声色地听我结结巴巴地朗读,然后突然沉默下来,从我手中把书抽了过去,盯着刚才的段落,像是在用眼睛画出下划线一般缓慢地默读了一遍。周围那些气度优雅的老者低声交谈着,不时轻轻颔首,扬的沉默与之达成了一致的波长。此刻,从码头那边传来帆桁索具的声音,就像有看不见的小生物摇响了铃铛。扬那副懒懒的搭垂在两个耳尖下面的耳坠片瞬时被铃声同化,叮叮作响,滴酒未沾却醉意朦胧的我,似乎听到一阵微弱的电子音从沉重的听力测试耳机深处不规则地传来,侵入了脑髓。

"你有没有读过豪尔赫·森普伦[①]的《写作

[①] 豪尔赫·森普伦(Jorge Semprún,1923—2011),西班牙作家、演员。西班牙内战后流亡法国,后参加法国抵抗运动,于1943年被纳粹逮捕,被关押在布痕瓦尔德集中营,于1945年获救。

还是生活》?"

"森普伦?没。我知道这本书,但没读过。这和利特雷有什么关系吗?"

前西班牙共产主义战士森普伦,早年被关押在魏玛近郊的布痕瓦尔德集中营里,最终得以幸存。后来在冈萨雷斯当政的时代,他曾出任文化部部长。作为一名小说家,森普伦根据自己二十多岁时的集中营生活,持续创作了很多作品。而扬提到的这本尝试从内部挖掘那段可怕经历的著述,前期宣传称其为追溯往事的集大成之作,创下了不俗的销售业绩,甚至曾一度登上畅销书排行榜。不过,我总感觉这位作者身上有一种独断专行的特质,不是很喜欢,所以,虽然该作品风靡一时,但我却没有碰过。

"森普伦在布痕瓦尔德集中营被关押了两年。和其他人一样,他在获释后再也没回去看过。但时隔四十七年之后,森普伦接受了德国记者的邀请,重访旧地,来到了如今以博物馆的形式保存下来的集中营遗址。魏玛也是歌德的故乡,在德国电视台策划的"聚焦魏玛文化的表与里"的节目里,森普伦答应了制作方的请求,同意参与节目的一个环节,在现场接受采访。而被安排在故事高潮部分的,正是一段只能以'无聊的戏言'来形容的造化弄人。在那之前的情节展开并没有给我带来多大的触动,但这一段小插曲却让我印象深刻。"

一九八七年,森普伦决心揭开尘封的记忆,不再假托第三人称,不再用外界的视角来代言。他打算采用第一人称叙述的手法来描写自己的集中营体验。可是,就在他开始动笔后不久,通过无线电波传来的一则噩耗又让他大受刺激——另一位集中营幸存者普里莫·莱维①在都灵从公寓楼上一跃而下，结束了自己的生命。森普伦一直在经历过极限状态之后的生存体验中寻求创作的源泉，对他来说，前辈莱维的自殒具有让一切重归原点的危险力量，充满了绝望。新书的创作因前文提到的出任文化部部长中断了数年，再次提笔是在一九九二年，当时，他意外地得到了这个重返故事舞台的机会。

被押往布痕瓦尔德的犯人，经过挑选，有的被送进制造 V1 和 V2 火箭的大型工厂，有的留在集中营。如果是前者，就要被迫从事极其残酷的强制劳动，几乎意味着去送死。一九四三年，在法国参加过自由斗士抵抗运动的森普伦作为政治犯被捕，次年一月被押送到布痕瓦尔

---

① 普里莫·莱维（Primo Levi，1919—1987），犹太裔意大利化学家、小说家，奥斯威辛幸存者。

德。入狱时，负责制作囚犯登记卡的人盘问森普伦的职业，他说自己是一名哲学学生，对方建议这位青年最好给出一个更具体的工作，提醒他道：学生不是工作，如果想在这里求得活路，最好能有一项专业技能，比如电工或泥瓦工匠之类的。但血气方刚的年轻人坚称自己就是一名学哲学的学生，不是其他任何什么，制卡人对他的顽固毫无办法，只好在空白处写下了"学生"（Student）一词。在地狱入口发生的这段英雄式的对话场景，成为森普伦日后小说创作的素材。对他个人而言，那也是一段光辉闪闪的青春记忆，所以，当他再访布痕瓦尔德的时候，也向同行者透露了自己这段引以为豪的往事。

然而，集中营博物馆的一名工作人员却当场披露了一个令人震惊的事实。作为森普伦的忠实读者,这名员工特意从一堆保存完好的文件资料中找出了一九四四年一月的囚犯登记卡,复印了一份,在作家来访的当天带到了现场。这时人们才发现,卡片上写的不是"Student",而是"Stuckateur",即泥瓦匠。那些有关学生云云的口头争论只是单方面的臆想。因为两个单词的前三个字母相同,森普伦可能只瞥过一眼便先入为主,误以为是那个更容易使自己产生联想的词语。在森普伦被送进集中营后的一个月,开始分选囚犯,有的人被押解到另一个集中营去做苦役,而他却因一个单词之故,被划归为熟练工人,留在了布痕瓦尔德,从而捡回了一条命。

"如果人生最终是由写在囚犯登记卡上的一个词、职业栏里的几个字来决定,是多么可悲的玩笑啊。就拿先前提到的天使如何魔鬼又如何的故事来说吧，没人知道什么才是幸运。如果他们一直是胡格诺派教徒，那么，在后来的宗教战争中必定会遭到镇压，很难从那段残酷的历史中全身而退。当然了，做一名天主教徒也未必有多安全，但相比之下总要好一些吧？可是，利特雷的先祖之所以选择了一条相对来说比较安全的道路，居然只是因为一句无聊的戏言。而森普伦呢，我不是说泥瓦匠这种职业建议本身具有玩笑的意味，但我觉得从结果倒推，如果真的是因为这种有意的填写救了他一命，那就太讽刺了。利特雷的先人恐怕也是一样，也许信徒啦僧人啦什么的并不是主要原因，他们只是因为有手艺，只是因为金银器匠人这一身份，所以才被网开一面的吧！"

年轻的女侍者系着一条与今晚的顾客群十分相称的浅蓝格子围裙，我向其中一位举起手来，征询了扬的意见之后，叫了两杯咖啡。话题突然朝着一个意想不到的方向发展，起初我还有些困惑，但在听他讲述期间，一件往事突然从我的脑际一闪而过。当年的犹太人街一游拉近了我们的距离，而其后不久发生的一件事，如今想来极具象征性。

"贝特尔海姆①自杀时的事情，你还记得吗？"

"刚才说话的时候，我也想到了这个。"

那件事发生在我搬离集体宿舍前不久，所以，应该是一九九〇年早春。那天，我起床打开收音机，突然听到这样一则消息：布痕瓦尔德幸存者之一、儿童心理学家布鲁诺·贝特尔海姆在芝加哥一所养老院里自杀身亡，终年

---

① 布鲁诺·贝特尔海姆（Bruno Bettelheim，1903—1990），美国心理学家，出生于奥匈帝国维也纳的犹太裔家庭。1938年作为奥地利犹太人被关进集中营，1939年战争爆发前获释后移居美国。

八十六岁。扬在大学转入理科之前,曾经主修过儿童心理学和信息传播理论,不时会提到贝特尔海姆的名字,所以我马上致电给他。他当时正在收听同样的新闻,在电话那头不住地哀叹,怎么也无法相信贝特尔海姆会自杀。他说,尽管贝特尔海姆的理论有些牵强,也有很多地方让人难以苟同,但其整体取得的非凡成就,已超越了单纯的心理学范畴。因为,从布痕瓦尔德生还之后,贝特尔海姆将自己的省察应用在了自闭症儿童的治疗方面,从而使自己的苦难经历变成日后所有工作的基础。扬说,不管衰老有多么令人恐惧,他都想不通为什么这样一个人会在这种时候自寻短见,莱维死了,贝特尔海姆死了,这个世界究竟是怎么了?——与其说是哀悼亲人的不幸,倒更像是痛陈命运之吊诡,扬的叹息声因为森普伦的缘故又重新在我的记忆中复活。

"从利特雷居然引出了这么奇怪的话题。"

"真抱歉,好久没见,应该说点开心的事儿才对。"

"我不介意啊!你还要为明天出门做准备,咱们到你家去接着聊,走吧。账单我来付。"

"你来付?这就叫做无关性命的玩笑了,还是让我来吧。"

"吵着肚子饿的本来就是我嘛!这样吧,我付账,你帮我个忙。"

"什么忙?"

我指了指桌上刚才我们共用过的黄油盒。那是一只白色素底的容器,造型小巧,印有当地制造商的蓝色商标,不带盖,和法棍一起端上来的时候只用银色的锡箔纸封着,所以应该属于消耗品。

"这玩意也许随处可见,但我想把它带回去作为这次旅行的纪念。可我不太好意思开口,所以,只好请你帮忙咯!"

"这交换条件啊,让人怀疑你刚才到底有没有认真听我讲话。"

扬笑着抬起手来,招呼女侍者结账,顺便满足了我的请求。我刷了信用卡,将那个印有奇怪的公司名字"爱乐薇"(Elle & Vire)、包在纸巾里的黄油容器和刷卡收据塞进背包,跟扬一起朝码头上的停车场走去,帆索依然在拍打着三角帆船的船腹,声声不息。上了车,扬手握方向盘,摇晃着上身哼唱起一首我从未听过的饶舌歌曲,从国道插进未经铺设的村路时,他突然说:我把房东介绍给你认识一下,明天也方便些。在一个岔路口,车子驶入一条小径,与去往他家的方向完全相反,最后停在了半山露,凯瑟琳是单身,没有丈夫,或者说是刚离婚也可以。

"看起来不像是农民噢。"

"嗯,生小孩之前在学校教书。她原来不太好相处,但现在我们关系不错,成了好朋友。我现在住的房子原本属于她前夫的父母。离婚的时候她拿到了房产。在这附近还有其他不动产,如果不要求太奢侈的话,当个包租婆就足够生活了。"

不大一会儿,凯瑟琳手里提着个篮子回来了,篮子里除了咖啡,还有形状一看就知道是新手做出来的乡村面包、新采摘的西红柿和格鲁耶尔奶酪。

"这么丰盛,真是过意不去呀!多谢了。其实,我还有一个请求。"扬指着我说,"很不巧,我明天一早就要出门,去爱尔兰。也不知道我腰的一栋乡舍前。或许是听到了声音,我们还没走过去,厚重的木门就打开了,现出一个人影。

"这位是凯瑟琳。"

扬将我介绍给对方,说是来自日本的一位朋友。我上前一步,和一个怎么看都不像是农妇的娇小女人迅速拥抱了一下,她的颈背散发着一股婴儿护肤油似的淡淡香气。

"家里来了远客,可是商店全都打烊了,我什么都买不到,所以只好来向你求助,能不能分给我一些咖啡或茶?"

"需要吃的东西吗?"

"有的话就太好了。"

"举手之劳。只是我现在有点儿忙,不能在家里招待你们。给你打包带走好不好?"

"好啊,当然没问题。"

在她回身去准备食物的工夫里,扬向我透

跟他能不能一道出发。如果分头行动的话,他可能会在我家住上一两天,处理一些工作。他回巴黎的时候,可不可以请你把他送到阿夫朗什车站?"

"如果是后天下午的话就没问题。那天我正好要去看医生,可以顺路载他去车站。你那天要是想走,上午联系我好吗?"

她突然冲着我说话,我不自觉地按照日本习惯向她行了个礼,说了句"拜托您了",惹来他俩嘻嘻哈哈一阵笑。现在食物有了保证,我们开着车再次回到村路上,向扬家驶去。

我一面享用着凯瑟琳提供的咖啡,一面欣赏扬的工作成果。主要以今天没参观成的石材加工厂的照片为主,扬在一旁为我解说。他选择的拍摄对象,有蒙着黑塑料布接受太阳能发酵的干草包，上面堆放着大量的轮胎以代替镇石，黑压压连成一片，气氛颇为诡异；有老房子灰泥墙上的划痕；有酿造苹果酒时用来压碎果子的石制压榨机；有在国道上抛锚的16轮重型卡车。不得不承认，每一张照片都带着他强烈的个人色彩。其中泰半都是自然风物或是放置在户外的静物写真，但其中也有相当数量的人物摄影，比如在阿夫朗什舞蹈工作室遇到的一对亚美尼亚孪生姐妹；一位裹着厚厚的披肩，默默坐在长凳上的老妇人；一个躺倒在海边浮木旁的流浪汉等等。我请他挑一张不太满意的作品送给我，扬在一个长期未整理过的相片盒子里翻找了一会儿，抽出一张奇怪的小木屋照片。横贴着木板条的外墙面上开有四扇小小的玻璃窗，等间距排列，房屋基座与杂草丛生的地面相接，上面有一个用粗糙的边角料制成的三层搁架，连接在陶管与陶管之间的大大小小的接头在架子上排了一排，形状恰似勾着的食指尖。接头的表面因日晒雨淋而风化，破烂不堪，开口的方向倒是保持着一致，仿佛一群累垮了的男人靠在一起组成了队列，而由于画面前景位置那四根崭新的带刺铁丝所造成的效果，看上去又像是在水平和垂直的轴线上勾画渐近线。

"窗子的形状很特别吧？跟一般的窗户不一样。你知道这房子是干什么的吗？"

既不是渔夫的小屋，也不是农家的谷仓。冷淡中带有些许几何学的美感，说它是一栋科学实验室也不会让人感到奇怪。

"像是酿苹果酒的小作坊。"

"思路不错，但没猜对。"

"石匠们的休息室？"

"很遗憾,还是不对。这是熏制猪肉的工坊。"

从未见过熏制坊的我,即使听到了正确答案,也依然一头雾水。

"拍的时候,只觉得构图挺有趣的,也没多想。可是照片冲出来一看,突然感觉非常不舒服。你看这排陶管的接头,左边是不是有个稍大一些的细长的黑家伙?那是父亲,也就是一家之主。再看右边最上方,两截弯头连在一起的白色陶管,像个支柱,那就是母亲,其余的都是他们的孩子。一共有十六个……跟我外婆家的人口数字一模一样。"

"什么意思?"

我抬起头来,打算看着扬的眼睛求证,但他没有回答我,继续说道:"四扇窗户是特殊设计,不是内外推拉,而是上下升降的。所以,窗户的那头是牢房。"

"让你联想到集中营?"

"嗯。"

"你是想说,这些管道是气体的排出口,或者说,也是火葬场。"

"有道理……确实可以这么说。但我这种荒唐的想象完全是因为这排铁丝网。照片洗出来之后我才注意到那里拉着带刺的铁丝网,所以你可想而知,我拍的时候有多随意。反正这张照片就送给你了。因为我既不愿意扔掉它,也不想留着。瞧,现在咱们倒了个个儿,变成我求你了,怎么样,可不可以请你收下它?"

"这是什么时候拍的?"

"就在最近,我开车经过时偶然发现的。"

"废弃的房屋,倒塌的工棚,这种主题的摄影作品很常见吧?我看这张照片蛮有意思的,倒是觉得你想太多了。是不是读了森普伦之后受到了影响？"

扬忽然站起身来走到灶前，把水壶下面的喷火头点燃，然后一言不发地上了二楼。很快，他拿着一个大大的相片架走下了楼梯。将它递给我之后，扬又回到灶前，边调整火力边问我想喝咖啡还是茶。我手里拿着的是一张全家福照片，坐在正中间的老妇人应该就是他的外婆吧？我一边琢磨一边随口说了声"咖啡"。我曾经见过他的父母和叔父，对于外婆，只是通过谈话才略有所闻。但是他们的眉眼肖似，一望便知老妇人的容貌骨架就是扬的原型。

"看到我外婆了吗？我来这里之前她就去世了。虽然你说我想太多什么的，不过最近我恰恰经常会想到自己所受的教育。不是指学校。而是说家庭内部的教育。"

扬将滴滤在旧铝壶里的咖啡倒了满满一杯给我，咖啡杯跟喝红茶时用过的杯子一样伤痕累累。凯瑟琳的咖啡是一家名为波蒙的大型超市的独有品牌，冲泡的时候咖啡粉非但膨胀不起来，反而会塌陷下去，闻着有一股酸腐味，但这是我们厚着脸皮讨来的东西，当然没资格挑三拣四。

"你还记得很久以前咱们一起去过圣保罗吧？那附近有一个意第绪语图书馆，是我外婆常去的地方。我的父母也会说一点意第绪语。在我小的时候，家族聚会时大家都用我完全听不懂的语言来交谈。也就是说，讲意第绪语的习惯在我上一代就结束了。出生于不同地方的犹太人用共同语言进行对话的时代正在变成一个久远的历史。当然，传统依然根深蒂固地保留着。比如说，我们家从来都不过圣诞节。但是，我的父母放弃了教我和我弟弟说意第绪语。或者更准确来讲，是不再强迫我们学习这种语言。他们没打算将这个习惯延续下去。好像我外婆也赞成这种做法，而且，她从来不对我们讲过去的事情。我母亲说她小的时候听外婆讲过，但仅此而已。"

黑漆漆的户外阒寂无声。没有微风簌簌，没有虫鸣唧唧，更听不到城里司空见惯的汽车驶过的声音。家中没有电视，也没放音乐，咖啡的啜饮声和椅子的吱嘎声就是萦绕在我们周围的所有声响。我一边琢磨着该怎么回应，一边无意识地从蓝色小碗里捏出两块蔗糖，放在我素来不加糖的咖啡里，用餐勺的勺柄一搅，只听得金属叮叮当当撞击在陶器上，惊人地响亮。

"在了解集中营的一代人和不了解集中营的一代或几代人里，开始出现了一些变化。一条决定性的界限正在他们之间形成。我一直觉得很奇怪,为什么我的父母不告诉我们那些非同寻常的往事。我问他们理由,他们只说没听过具体细节。但你知道吗?我外婆一直从德国政府领取养老金,直到她去世。她得到了足够她生活的赔偿金,用来安度晚年。单凭这件事就可以想见,她不可能从那段记忆中摆脱出来。而且,我外公在世时,他们也是用波兰语或意第绪语说话。"

"对了,我还在你的工作室吃过胡萝卜蛋糕,是你用外婆亲传的方子做的。"

"有这回事?"

"绝对没错。"

"你这么一说我好像也有点印象。总之,我很想了解他们生活在波兰时的情况。但他们却避而不谈。我不知道当时发生了什么,不知道他们曾经过的是什么样的生活,从来没听他们讲过自己的童年往事。说起来,这种事例已经屡见不鲜。在欧洲,随处都会有类似的故事流传下来。我外婆一家十六口人,战争结束后只剩下四口。我想,关于她的幸存,或许也跟某个"泥瓦匠"式的魔法般的词语有关。因为外婆曾经是个糕点师,也会烤面包。即便是在集中营那种地方,人也得靠面包活着呀。我并不是在特别强调愤怒的情绪,或者谴责背离人道主义的罪行。但是我看到这张照片的那一刻,突然感到一种极为个人的悲伤。虽然用悲伤这个词或许并不合适。"

听着扬的话,我心中暗想,属于公众的悲伤有可能存在吗?悲伤难道不是必须由每个个体去承受的东西吗?正如没有真正意义上的公愤一样,与不特定的大多数同胞共同承担愤怒和悲伤，在某种意义上不过是一种美丽的幻想。痛苦首先要在某个个体身上停留才会变得具象化。无论多么"屡见不鲜"，扬从他亲人的遭遇展开话题的做法也不是什么错误。重要的是在个人层面恰当地表达出悲伤的情绪。当年他曾经与父母产生摩擦，也许是因为扬所感受到的悲伤不为父母所理解，而不是由于往事传承上的意见分歧。以前他经常会发牢骚，说他的父母不肯尝试走出去，不肯搬出自己的城镇，并对扬走南闯北、无心顾家的做法也始终无法理解。所谓流浪的犹太人[①]虽属老生常谈，却一语道破了真相啊！他接着说道，究竟为什么要自我封闭，为什么将外面的世界视为无物，为什

---

① 又译为"徘徊的犹太人"（Wandering Jew），传说在耶稣被押赴刑场钉上十字架的途中，一个犹太人对他谩骂嘲弄，因而受到诅咒，要在地上行走，永不停歇，直到耶稣再临。

么要躲起来，关上门？就拿安妮·弗兰克为例吧，安妮的行为，不，应该说是安妮父亲的所作所为之不可理喻性也在于此。战争不是幻象，必须想办法逃离，他们曾经有那么多机会可以脱身却不肯走，仅仅因为那里是他们的住处就坚持留下，如果冷静思考就会明白，只有逃离才是唯一的机会，可他们却白白地错过了。

老实说，我有些困惑，仅仅从一张小屋的照片，扬为什么会突然变得如此激动。也许他故态复萌，就像二十多岁时那样，偶尔会表现得非常戏剧化，沉醉在自己的高谈阔论之中。不过，与说话的劲头相反，扬的神情自始至终都很平静，那里面确确实实地刻下了时光流动的痕迹。他咯吱咯吱地嚼着方糖，继续说道：

"类似的情形我在波斯尼亚也看到过。我去波斯尼亚的时候，咱们还不认识。当时，我想用自己的眼睛亲自去认证那些被称作迫害、强暴和强制劳动的现实。首先说明一点,那时我还没有读过森普伦。我通过阿夫朗什的一家慈善机构找了一位通晓当地语言的女士,与她结伴到一座战乱之城去采访。但我没带相机,因为我觉得即使拍下来也无济于事。我只想亲眼看看。当时,我们去了边境地区,直到最近,那里都是敌对双方以河相隔的分界线,村里的孩子只因过河玩耍就会面临被枪杀的危险。我遇到了一家人,他们躲过了炮火的袭击,正在逃亡的途中。我通过翻译问他们要去哪里,他们说要回家。你能相信吗?他们正在回家的路上。得到允许之后,我跟着他们一道去了他们曾经住过的公寓,那里什么都没剩下,已经变成了一片废墟。我问他们为什么要待在这样的地方,他们回答我说:'因为这里是我们的家。'二战期间我的家人经历过的故事在这里重演。我当时只感到一阵眩晕。这不是彻头彻尾的重蹈覆辙吗?"

我准备再泡一些咖啡,便站起身来去烧水,想趁着这个工夫找到合适的语句来回应。另外,我也在心里盘算着赶紧换个话题,于是求救似的拿起桌上的一摞照片,边等着水烧开边一张张翻看。徘徊,彷徨,或漂泊。在我微不足道的现实生活中,过去从未有过生死攸关的逃亡,将来也永远不会有这种经历。如果外出,我总会回到起点。从巴黎来到这个小村庄,我还要再次折返巴黎,然后回到东京。我总会身处每一个临时的家里。如果回顾自己的行为轨迹,像浏览底片印样一般逐个看过去,很明显,上面应该全都是往返而不是漂泊。从这个意义上说,扬的个体和我的个体也许完全没有发生碰撞。就算有"不明所以"的接触,但既然其后并未发生冲突,或许说明我所珍视的贝之火在种类上有所差异,已经燃烧过了。关掉火,泡好咖啡,我呷了一口之后说道:

"欢迎光临,这是我的家。"

"你说什么?"

"欢迎光临,这是我的家。今天下午你把我请进来的时候,就是这么说的。说的时候还非常开心。我认可你从巴黎搬到这里来的勇气,但你对令尊说,你并不是居住而是停泊对不对?如果是停泊,应该说不出我的家这种话。"

"是啊。你说得没错。"

我这次多滤了些咖啡,问扬要不要来点儿,他拒绝了,说怕睡不着。我回到桌子旁又拿起了照片。其中有好几张连拍,都是老房子和谷仓的门,木纹粗糙而变形的木板门。这些开有四方形采光口的东西虽然没什么稀奇,但这么多形状和大小有着微妙差异的门集中在一起,一种神秘的韵律感油然而生。装着滑轮和梯子的农舍的一角;跟家鸡面面相觑的小猫;闭着眼睛晒太阳的狗;残存在诺曼底海岸上的一座摇摇欲坠的碉堡——扬默默地注视着我翻动照片的指尖——椅子摞上了餐桌的咖啡馆里,正在清扫地板的年轻侍应生;三个正在买可丽饼的胖嘟嘟的女孩;从肉铺的店前探出来的雪白牛头。就算收下那张集中营风格的照片,还是让我觉得意犹未尽,我希望还能有些其他的补充,所以带着一丝不甘心执拗地翻找着。一组户外剧场的连拍出现在眼前,拍摄时间是在晚上,照片中有个中年女子蜷缩在舞台中央,一个看起来像是导演的男人抱住了她,沐浴在聚光灯下。

"这是我在戏剧节上拍到的照片。纪念诺曼底登陆五十周年的戏剧节。就在你心爱的阿夫朗什,是在一座广场上举办的。"

"还谈不上爱,我还没有好好参观过呢。"

"倒也是。当时,市里请来一位剧作家,希望他能写一部以阿夫朗什为故事背景的原创剧本。为此,剧作家采访了很多当地的老住户,最后根据真人真事完成了写作。这就是他的剧团演出时的情景。但你偏偏挑这张出来也确实很奇怪。"

"为什么?"

"尽管你不喜欢听,但我还是得继续刚才的话题。剧本主要描写了一个住在阿夫朗什的犹太家庭,讲述了发生在这家人身上的故事。年轻的母亲在被盖世太保带走前的那天晚上,偷偷溜出来,冒着九死一生,把刚出生的婴儿送到了邻村的一户农民家寄养。就是咱们今天去过的那个美丽的圣让-勒托马村。当时,那户农民十分震惊,同时也感到非常恐惧。即使他们不是犹太人,但是窝藏隐匿的行为一旦被发现,后果也将不堪设想。"

　　了解事情经过后,农民夫妇鼓起勇气收下了孩子。那是一个女孩。这对夫妇给她取名埃丝特尔,百般呵护地将她养大。剧作家细腻地描写了埃丝特尔的母亲为了女儿铤而走险的经过,那个千钧一发的时刻将全剧推向高潮。那位母亲和她的丈夫一起踏上了死亡之路,女儿则在没有任何血缘关系的养父母身边平平安安地长大了。当晚,埃丝特尔被邀请到了露天剧场的前排落座。她已经从养父母那里得知了自己的身世,清楚地知道母亲不顾生命危险,冒死救了自己,而她的养父母也以毫不逊色的勇气将她抚养成人的往事。但无可否认的是,她从来都不知道自己生母的容貌。那天晚上,埃丝特尔通过在剧中扮演她母亲的女演员的肢体和声音,第一次对自己的生母有了切身的感知。导演在谢幕时登台,掌声平息之后,他将埃丝特尔请上台,对她说:今天这出剧是献给你的。埃丝特尔当时已经激动得双腿虚软,语不成声。对她来说,女演员就是她母亲的化身。出生于盟军登陆诺曼底那年的婴儿,如今已变成一位中年妇人,她扑倒在导演的胸前痛哭流涕。扬有个朋友参与了剧团的工作,所以扬碰巧在场,他言语尽失,只是不停地按着快门。我手里拿着的就是当时的照片。

扬之所以从未贬低或鄙视家族历史及其传承中出现的龃龉,而只是将其看作一个"屡见不鲜"的故事,或许是因为这种局部的悲剧随处可见,不停地刺激着人们的痛感神经,已经形成了生活的根基。但这对我来说并不是一个"屡见不鲜"的故事,所以我不想拥有这张高度聚焦的照片,仿佛那是对一个在拍摄当晚深受震撼的摄影师的背叛。有扬讲述的故事就已经足够了。与之相比,现在,我渴望一幅更安静、光线更柔和的影像。第一张照片是扬选择的,我想要另外一种能够驱散集中营和盖世太保阴郁气氛的光与影,用以去除偶然而又不幸的巧合所造成的心灵重负。

我又拿起那摞照片,最终找到了一张人物抓拍,那是一个可爱的、一岁左右的婴儿。在套着柔软的毛线手工编织罩子的沙发上,一双大眼睛紧闭着,睡得很是舒服。那副幸福的睡相用天使一词来形容——因为太过通俗,我在母语中一直都不愿使用——再贴切不过。婴儿的肌肤光泽滑润,让人联想到他并非经由产道,而是通过剖宫产来到这个世界的,所以皮肤上没有任何异物黏附。看着他被裹在超越凡俗的柔软肌肤里,技术上的问题我虽然不懂,但那不可思议的、安详闲适的光亮度,让我的身心无限受用。这副面容,将敌人或盟友等宿命般的烦扰统统放在了理解的藩篱之外。

"瞧这小脸蛋,太美好了。多漂亮的额头啊!更绝妙的是画面上的光彩,洒在整个沙发上的光。"

"我明白你说的意思,但他看不到这些。"

"怎么?"

"他的眼睛看不见,全盲。他是我们的咖啡赞助者的儿子。"

"凯瑟琳的……"

"他叫戴维。虽然是全盲,但并不是视力丧

失,而是先天缺陷,他天生没有眼球。戴维从来没有见过你所赞赏的那种光。"

我再一次看向那个靠在大玩具熊身上的婴儿,凝视着他浓密的睫毛。或许是因为眼窝并没有陷得那么深,如果扬不告诉我,我甚至都不会注意到他没有视力。然而,他眼皮背后的黑暗却比任何人都来得深邃。

"耳朵没问题?"

"听力完美。一点问题都没有。这张照片是很久以前拍的,现在他又长大了些哟!凯瑟琳用语言来解释所有的事物。这是水,这是衣服,这是熊先生。也许,即便是对光,她也会赋予其语言。"

戴维生于父母婚后的第十个年头,是凯瑟琳夫妇的第一个孩子。扬最初因为工作关系认识了凯瑟琳的丈夫,也因此租下了这栋房子,但是他刚来这个村子的时候,凯瑟琳或许是因为夫妻不和而变得有些神经质,对他也不冷不热的,因此只是单纯的房东和房客的关系。但是,自从这个身体有残障的孩子出生,她也下定决心离婚之后,情况就一点一点地发生了变化。好像也是从最近开始,凯瑟琳和扬渐渐亲近起来,相处得十分融洽。戴维将肩膀倚在一只布偶玩具熊的身上,这只熊是凯瑟琳亲手做的。知道自己怀孕之后,一位母亲用她那不很灵巧的双手,为即将到来的孩子缝制了一个布偶玩具。仅从照片上就能看出,它做工稚拙,与成品玩偶有着明显的差别,但是这只毫无夸饰、形象至极、无论谁看了都知道是头熊的朴拙玩偶,周身萦绕着一种亲昵的氛围,就像一只与戴维相伴多年的小狗,支撑着几乎和自己同样身高的挚友,用自己的肩膀托住他的头。

照片中的某些东西抓住了我的心。一种与小小的不协调感相类似，略显沉重的什么东西堵在我的胸口。不好意思，那张照片我没底片，所以不能给你哦！扬尽可能柔和地拒绝道。我看得太过用心，对扬的这句"有言在先"置若罔闻，凝视着照片里的戴维好一阵子。我被弥漫在整个画面上的平静所感化，终于注意到了被忽略的那个"什么"，差点叫出声来。布偶熊的眼睛被打了叉，紧紧地闭合着。在这张口鼻俱全的动物脸上，唯有眼睛所在的地方被棉线交叉着缝上了，处理得非常随意。而这双被封印的眼睛，似乎让布偶熊获得了双重意义——在保护戴维的同时，自己也受到了庇护。我再一次仔细审视，发现布偶熊的脸上浮现着一种复杂的表情，既没哭也没笑，就像一头撞在了马戏团帐篷的柱子上，眼冒金星，晕头转向的小丑。熊的——我的话刚说了一半，扬就立刻做出了反应：

"你是说熊的眼睛吧？一开始是有眼睛的，是两颗大大的黑色纽扣，从一件旧外套还是什么衣服上拆下来的。在戴维出生之前玩偶就已经做好了。我也见到过几次。后来，婴儿虽然平平安安降生，却没有眼球，打那以后，凯瑟琳就把扣子拆了下来，用两个叉给闭上了。"

"为了与孩子保持一致？"

"也许吧，我也没问过究竟是为什么。一只盲熊和一个盲童相拥而眠。就是这张照片。"

我们一直聊到接近黎明，扬让我去二楼睡他的床，我谢绝了他的好意，躺在客厅里的那张破沙发床上休息，结果被一个诡异的梦惊醒。醒来时，扬已经不在了。他留下一张便条，上面写着凯瑟琳的电话号码,都柏林旅馆的联系方式,还留了句话说,"门不用锁。今晚再联络"。我冲了个淋浴,用咖啡和乡村面包填饱了肚子,然后和昨天一样,到山脚下那条清清凉凉的林荫小路去散步。我随身带了个纸袋,摘了量大到足够做果酱的醋栗果。在晨雾中,野草浓密厚重的触感让我想起梦中的熊背。难道戴维的布偶熊和我的梦之间存在着什么因果关系吗?我从未思考过梦的含义,现在却突然冒出这样的想法,可见来到这个安静的乡间农舍是值得的。我溜达了大概二十分钟,回去整理妥当后,又给巴黎的酒店打了个电话,告知对方今天我依然无法归宿。清理过桌面之后,我开始继续阅读利特雷的传记,边读边做笔记。午饭和晚餐吃的是同样的食物,煮了些意大利干面条,用黄油、盐和胡椒调味,再加上面包、奶酪和番茄,简简单单地打发了过去。其余时间就一直待在这个静悄悄的房间里看书,我心无旁骛,时不时丢一颗醋栗进嘴里,完全忘记了这个让人神闲气定的奇妙空间是别人的家,直到晚上接近八点半,扬打来电话,告诉我他正在都柏林的一个朋友家里时,我才如梦初醒。

埃米尔·利特雷的父亲米歇尔·弗朗索瓦·利特雷离开家乡阿夫朗什,志愿加入了海军。在法国大革命期间,他驻扎在曾被称作法兰西岛的现今的毛里求斯岛,担任士官。米歇尔对文学和历史抱有浓厚的兴趣,博览群书,其中包括伏尔泰、卢梭以及各种百科全书类的书,这位品格出众的男子是一名彻底的雅各宾派成员,他虽然并不讳言这一身份,但在热月政变①中,随着罗伯斯庇尔被处决,反雅各宾运动也波及了遥远的岛国,迫于情势,他决心归国,于是退伍回到了巴黎,成为一名财政部官员。他与苏菲·贾诺——一位比他还要激进的革命者共结连理。早在十三世纪时起,利特雷家族就不属于任何教派,他们不信奉上帝也不信从魔鬼,米歇尔·弗朗索瓦就是在无宗教的环境下长大的。而另一方面,他的妻子虽然具有献身革命的精神,却仍然是一名笃信上帝的新教徒。他们所面临的问题就是要不要为即将出生的孩子施洗。长子埃米尔一八〇一年出生于巴黎,遵照父亲的意愿未接受圣洗,并至死都坚持这一立场。夫妇二人就某一观点达成

---

① 热月政变,指法国大革命期间反对雅各宾俱乐部领导人主导公共安全委员会的一次政变。这次政变结束了法国大革命的最激进的恐怖统治。

了共识,即与宗教相比,让孩子接受深厚的人文教养尤为重要。

　　由于父亲到昂古莱姆赴任,一家人离开了巴黎。在那里,利特雷又添了一个妹妹和一个弟弟,但在他十岁时,小妹妹因病夭折,让他备受打击。之后,全家重返巴黎,住在现如今的商博良街,利特雷则进入路易大帝高中就学。在他的同年级同学中,就有后来成为大出版商、协助促成法语词典出版的路易·哈谢特[①]。利特雷的父亲对语言有着浓厚的兴趣,甚至着手研究过梵语,热衷教育的他每周四都会将儿子的朋友召集起来举办学习会。利特雷从那时起便开始展露出非凡的语言天赋。十八岁高中毕业

[①] 路易·哈谢特(Louis Hachette, 1800—1864),法国出版商。他在巴黎创办了一家出版社,旨在制作书籍和其他材料以改进学校教学系统。出版物最初侧重于经典,随后扩展到包括所有类型的书籍和杂志。该出版社目前隶属于一家全球出版社。

后，利特雷认为自己缺乏科学方面的素养，决定报考在科学领域的教育中享有盛誉的理工科学校，无奈他怎么都学不好数学，便开始探求另一条自立之路，一度曾为贵族议员皮埃尔·达留做私人秘书。但很快，达留辞退了他，劝他另辟蹊径，将他推到了必须做出决断的关口。利特雷虽然受到科学的吸引，但又无法对忽视人类问题的学术产生好感，并且觉得自己在数学方面才能有限，对他来说，只有医学才是可以满足两方面需求的唯一途径。

得到父亲的首肯之后，利特雷注册成为巴黎大学医学院的一名医科生，师从开创了肾脏病学先河的皮埃尔·弗朗索瓦·奥利维耶·雷耶，在其门下学习了七年的时间。不料在他二十七岁那年，支持他求学的父亲撒手人寰。利特雷的实习生工资无法养活母亲和弟弟，于是他开始向一家创刊不久的医学期刊投稿,以赚得稿费。因此缘由,利特雷受邀成为一名编辑,并被委以《希波克拉底①全集》的翻译工作。利特雷完成医科实习之后,仅仅提交了博士论文,便放弃了医者之路。他拒绝了打算提供经济援助的朋友们的好意,在以反路易·菲利普教派而知名的著名主编阿曼德·卡雷尔②效力的《国家报》③谋了一份职。在几年的时间里,利特雷一直专注于翻译英语和德语的新闻报道。与此同时,不知第几次身陷囹圄的卡雷尔在狱中偶然读到了利特雷撰写的《社会新闻报道》,对其出众的才华赞叹不已,出狱后立

---

① 希波克拉底(前460年—前370年),古希腊伯里克利时代的医师,对古希腊的医学发展贡献良多,被尊称为"医学之父"。
② 阿曼德·卡雷尔(Armand Carrel,1800—1836),法国记者和政治作家,掌管《国家报》之后,使该报社成为巴黎最重要的政治机构。
③ 《国家报》(Le Nacional),法国一家日刊报纸,于1830年创立。该报提倡君主立宪制,是自由派反对第二次复辟的代言人。

即录用他为正式作者。尽管工作繁忙，利特雷依然珍惜与恩师雷耶之间的友情，也没有放弃医学。一八三二年，他出版了一部关于霍乱的研究著作。两年后，他又为《国家报》撰文，就霍乱的感染途径和感染人数进行了详尽的分析。这篇精彩的报道为他日后尊仰为师的奥古斯特·孔德①的"社会学"开创了先河，利特雷本人也自此在该领域崭露头角。然而不幸的是，一八三六年，对利特雷给予过高度评价的卡雷尔，和《新闻报》的创始人、以刊登连载小说等方式进行版面改革而享"报业大王"之称的吉拉丹进行决斗，下腹中弹，两天后不治身亡。

在其他方面，利特雷花费大量时间翻译和

---

① 奥古斯特·孔德（Auguste Comte，1789—1857），法国著名哲学家，社会学、实证主义的创始人。

注释了《希波克拉底全集》,于一八三九年完成第一卷,直到一八六一年第十卷出版,全集才告完结。在做这项工作的同时,他开始对法语的语源产生了浓厚的兴趣。一八四一年,他向好友路易·哈谢特透露了编撰《法语语源辞典》的构想。哈谢特立即做出积极回应,甚至支付了预付款催他开工。然而,在这期间,利特雷失去了挚爱的母亲,又忙于有关希波克拉底的文字工作,《辞典》成了一桩悬案。时间过去了五年,他依然无暇顾及,未曾动笔。心急如焚的哈谢特索性废弃了原先的旧合同,准备策划一部划时代的国语辞典,内容不仅包括语源和语义的定义,也要将当今的用例完全纳入其中。哈谢特怂恿朋友接下此任,利特雷迟疑了。他的兴趣主要在对词源的探查及描述方面,其本身就是一项艰巨的任务,但哈谢特却让他编撰一部连现代语言用法都要涵盖进去的词典。犹豫再三,利特雷最终接受了挑战。在他用来做参照物的法兰西学术院辞典中,技术和科学术语甚为匮乏,甚至连引用都没有,因此,利特雷在符合十九世纪时代特征的领域中收集和整理新语汇,并在助手的协助下,反复阅读从古典到现代的优秀作家的文章,制作例句卡片,填漏补遗。利特雷埋首于工作,也磕磕绊绊地经历了重重困境和阻力。其中包括一八六四年六月,坚忍而执着地等待词典完成的哈谢特突然辞世;奥古斯特·孔德的遗孀执意要求利特雷执笔孔德传记,他难辞其请,花费一年的时间另起一摊,撰文立传;此外还有普法战争和巴黎公社运动等动荡不安的局势。从一八六三年开始分卷出版的他的《辞典》,终于在一八七三年统合完成,推出了四卷本。其时,距他向友人透露自己最初的设想已经过去了三十年。《辞典》获得了预想不到的成功,不断再版。身为国民议会议员的利特雷在《辞典》刊行之后,又当选为法兰西学术院的会员,更于一八七五年成为元老院议员,功绩显赫,实至名归。那副酷似牛蛙的尊容虽然在一个世纪之后遭到了高中生们的抵制,但依然能够成为幽默漫画的描摹对象,其中自然有他名士身份的荣誉打底。为《辞典》倾尽了毕生的精力,出版后也不断地进行补遗工作的利特雷,于一八八一年六月与世长辞。

我合上了笔记本。在塞纳瓦兹省的梅尼尔·拉洛瓦,一座拥有三分之一公顷花园占地的古老宅院中,利特雷早上八点起床,趁着妻子收拾打扫二楼的卧室兼书房的工夫,在楼下做一些有关序言之类的过渡性工作；九点回到书房，开始校对《辞典》；午饭过后，下午一点到三点为《学者杂志》[①]撰写文章；三点到六点再次投入《辞典》工作。晚饭后，从七点到午夜零时，利特雷依然沉浸在《辞典》里。此时妻子和女儿早已安睡，利特雷有时会一直工作到凌晨三点。时间即使不那么精确，前后也差不了太多，他十几年如一日，有规律地重复着这种作息，其充沛的体能和顽强的毅力着实令人惊叹。而此刻，我躲在诺曼底地区的一个小村子里，窝在同样一栋小宅子中追寻着利特雷的生平事迹，一天下来就累得头昏脑涨。没有其他的活动可以放松，我便躺在沙发上，一边抽烟，一边又开始欣赏起扬送给我的照片来。最

[①] 《学者杂志》(*Journal des Savans*)创刊于1665年1月，是欧洲最早出版的人文学科领域的学术期刊。

后，留给我的是一张花岗岩铺路石加工厂的照片，扬自己也承认这张照片拍得不错。铁皮屋顶的厂房外，立方体的石山像废弃物一样堆积着，密布在上空的乌云蕴含着危机四伏的色调，仿佛随时都会泼下一场急雨。用在工厂外墙上的石材每一块都大小各异，房前的石堆将断面朝向镜头，像从正上方俯视着扎成捆的意大利面条。两者互为映照，构成了一幅独特的画面。我出神地看着那一堆随意堆放的石块，突然想知道利特雷对"铺路石"一词是如何解释的。扬好像说过家里有《辞典》的散本。一楼客厅里没有书架，所以或许都在二楼。因为属于私人空间，我没有想过要上去，但现在我决定借利特雷之名，斗胆冒犯。我爬上了年代久远、嘎吱作响的老楼梯。

阁楼的空间比我想象得要宽敞，一个硕

大的置物架像一堵墙，在床和摆了张书桌的工作区之间做出隔断，架子上一半是杂志和装胶片的盒子，另一半被杂七杂八、版式各异的书籍所占据。我在其中找了找，见上面摆着很多我过去在扬的巴黎寓所里似乎见过的范·沃格特[①]的文库本丛书，在最下面一层的一个箱子里，塞了些厚重的辞典类书籍，里面果然有一九五〇年代再版的《利特雷》散本两册。一本是第一卷，书中收录了一篇一八八〇年的随笔文章，题为《我是如何制作法语辞典的》。另一卷恰好将"P"字头的词语囊括在内。散发着霉味儿的纸张从我手底下快速滑过，停在印刷着"pavé"一词的页面，pavé意为铺路石，作为法

[①] A.E.范·沃格特（Alfred Elton van Vogt，1912—2000），科幻作家。出生于加拿大，后移居美国。与罗伯特·海因莱茵、艾萨克·阿西莫夫、雷·布拉德伯里并称为科幻小说黄金时代的四大才子，1995年被美国科幻作家协会授予大师奖。

语阳性名词，辞典上只轻描淡写地解释为"用于铺装的砂岩和坚硬石材"。我感觉自己的求知欲遭到了背叛，有点沮丧，但与此同时，目光却被最前面的一句话钉在了书页上。根据注释，这句话援引自《拉封丹寓言》。

忠实的赶蝇者抓起一块铺路石，用尽全力砸了过去。

到底在什么样的情况下，要特意拿沉重的铺路石去打苍蝇呢？扔石头的究竟是何方神圣？我并非拉封丹的"忠实"读者，在法国受过小学教育的人或许都能心领神会的这句话，对我来说只是迷雾一团。如果扬在，可能会给我一些提示，而眼下为了拂去这团迷雾，根据利特雷的注解去阅读其出典，即《寓言》的第八卷第十章显然是唯一可行的方法。我迅速查看了一遍书架上塞得满满的平装书,发现没有一本是古典文学方面的书。越是求之不得,欲望就会变得越强烈。我想阿夫朗什的书店里一定会有拉封丹,决定回去时利用等火车的时间找一找。就在刚才,我还觉得这栋小房子温馨惬意,现在为了一个单词,我就恨不得马上离开。虽然我也觉得自己有些任性且毫无操守,但苍蝇和铺路石的粗暴组合却让我愈发急不可待。我毅然拒绝了床铺的诱惑,下了楼,往那张已经混熟了的沙发上一躺,很快便陷入了沉睡。

第二天早上,我用咖啡和散步让自己清醒过来,想到凯瑟琳说过可以上午联络,便不客气地拨通了扬留给我的电话号码。一阵长长的呼唤铃过后,响起一个略带沙哑的女声。

"请问是凯瑟琳吗?"

话一出口,我才发现自己蠢得可以,连她的姓氏都没记得问一下,如此冒昧地直呼其名,我不由得有些心虚。

"您是哪位?"

"我是扬的朋友,前天曾经拜访过您的那个日本人。"

"啊,你好哇!那天照顾不周,实在是抱歉。扬已经走了吗?"

"走了。所以,最终我们还是各走各的了。我打算今天回巴黎,如果时间方便的话,可以搭您的车去车站吗?"

"当然可以。但我有一个条件。"

"哦?"

"到我家来,咱们一起吃个午饭好吗?反正你那儿也没什么吃的吧?"

这倒是真的。

"乐意之至。"

"那我十二点半左右来接你。钥匙你拿着了吗?"

"没有,扬说不用锁门。"

"这样啊,出国去了也不锁门?好吧。不过请你把窗户关好,免得漏雨。"

挂了电话,我将堆着的碗碟洗出来,冲刷了浴室的瓷砖,又把桌面归置清爽,房间大致整理过之后,看上去还算干净。收拾停当,我在沙发上小睡了一个钟头。凯瑟琳来得比约定的时间略早了一点点。我跟前天的她一样,在听到远远传来的汽车引擎声时,就走到了屋外。只见车子正拐过谷仓前的转角,朝这边驶来,我迎上前去,正对着副驾驶的座位。一个抱着布偶熊的男孩子坐在那里。他已经脱去了照片中的那种婴儿相,浓密的金发从小小的帽子侧面钻了出来,披到脖颈。打完招呼后,我对凯瑟琳说:这是戴维吧?我听扬谈起过。然后拉起戴维的小手握了握,说了声你好。戴维面露微笑,用隐约可辨的声音回应道:"Bonjour(日安)。"

"几岁了?"

"快两岁半了。"

可怜啊不容易啊之类的话当然属于禁语。我已提到扬谈起过,而且一开始就叫出了孩子的名字,她自然会默认我为知情者,我们对此心照不宣。还没等她邀请,我就钻进车里,跨坐在后座正中的突起部位。从这个角度能够同时看到两个人。戴维长大了,单手就能抱住那只曾经很大的布偶熊。他声音清亮地喊着"熊熊(nounours)",样子十分快活。车子开了一

会儿,凯瑟琳开口道:

"其实我以前就听扬提到过你。"

"真没想到。"

"记不清是什么时候了,有一次他很自豪地告诉我说,他有一个日本朋友,擅长游手好闲地过日子。还说,那种认为日本人全都像工蜂的看法其实是一种偏见,因为总会有例外。他虽然没提名字,但我想,他说的就是你,对吧?"

"大概是。我不认为他周围会有很多游手好闲的日本人。说起来,我跟他最初就是在法式滚球场上认识的。"

"滚球?日本人也玩法式滚球?"

"我喜欢各种投掷运动,比如卡芒贝尔奶酪什么的。"

"卡芒贝尔?"凯瑟琳轻笑了一声,从后视

镜里看着我。

"嗯,不管是铅球还是卡芒贝尔奶酪,只要是圆形的东西,什么都行。"我边说边想起拉封丹,想到故事里那个扔出方形铺路石的角色。

"玩滚球确实需要花时间啊。你当时是做什么的?"

"学生。所以有的只是时间。"

"原来是这样啊!反正前天见面的时候,我马上就猜到你就是扬提到过的那个人。"

"我在黑暗中也表现得很游手好闲吗?"

"是啊。哦,对不起。不过从你这句反问就能看出来,你跟扬倒是很能合得来哟!"

我默然不语,戴维像是要弥补这段沉默,举起布偶熊欢呼起来。熊的眼睛上交叉着红线,紧紧闭阖。

凯瑟琳的房子与黑暗中留给我的印象截然

不同。这是一栋结实的用石材建造的平房，牢牢地趴在略微倾斜的土地上，由于地面的坡度，房子的左右平衡有些微妙的错位。凯瑟琳一进门就去准备饭菜，让我到起居室稍坐。起居室紧挨着玄关，十分宽敞，地上铺着木地板，古老的房梁裸露在外，房间的角落用婴儿护栏围出了一块游戏场。戴维回到自己的城堡，乖巧地坐在垫子上，一会儿开心地摇一摇带铃铛的玩具，一会儿啃啃积木。那只熊静静地守在旁边。一个用厚厚的实木板打造的书柜立在一侧，看上去也很有年头了。凯瑟琳的声音从厨房那边传来：肉半熟可以吗？我一面答应着一面走近书柜，出于职业习惯，我对书脊总是很敏感。用红色字体显示丛书字首的独特书脊不会逃过我的眼睛。一阵蒜香掠过鼻尖，我将戴维始终放在自己视域的一角，看护着他的动静，同时从书架上抽出了《拉封丹寓言》。我先斩后奏地冲着凯瑟琳的方向说"我借本书看看"，便在婴儿围栏旁边的沙发上坐了下来，直接将书翻到了第八卷第十章。奇特而突兀的标题具有浓郁的拉封丹特色——《熊和园丁》。

在某座偏僻的深山里住着一头熊，很少有动物会靠近那里，更不用说人类了。就算是头熊，无人交谈的孤独生活也会让它变得郁郁寡欢。离那儿不远，独居着一位热爱园艺的老人。老人每天只有不言不语的花儿做伴，渐渐地，也开始对这种生活感到了厌倦，想有个伴儿。老人带着这样的想法出了门，与同样因为无聊而下山闲逛的熊不期而遇。老人虽然很害怕，但还是把熊请到了自己家里，煮饭烧菜，好吃好喝地招待它。就这样，一人一熊意气相投，开始了共同生活。每天，熊出去打猎，老人在家里精心打理花园。而熊最重要的工作是在老人午睡的时候为他赶走烦人的苍蝇。一天,熟睡中的老人鼻尖上停了一只苍蝇,"忠实的驱蝇者"怎么赶也赶不走它,恼羞成怒,发誓一定要干掉这只可恶的家伙,说时迟那时快,熊"抓起一块铺路石,用尽全力砸了过去",苍蝇被打死了,老人的脑袋也跟着开了瓢。

  就这样,苦于推理但善于投掷的熊当场让老人送了命。
  愚蠢的朋友比什么都危险。
  远不如聪明的敌人来的安全。

  这则寓言流传至今,"熊的铺路石"一词终以多管闲事之意保留了下来。尽管作者想借故事引出教训,但一位十七世纪的诗人怎么会想出如此血腥的剧情,让熊为了拍苍蝇而投出一块沉重的铺路石,以至于砸开了同伴的脑壳呢?安排一只孤独的动物和一个老人相遇倒没什么,如果老人没有园艺爱好,就不会有唾手可得的铺路石;如果动物不是熊,也没力气轻而易举地抓起石头就砸出去。更何况在两者之间起到中介作用的居然是一只小小的苍蝇,如果不去管它,它早晚都会飞走的。再者说,让一名优秀投手拿在手里的,不正应该是卡芒贝尔之类的东西才好吗?苍蝇应该喜欢奶酪的气味,奶酪砸到人的脑袋也不会造成严重的伤害。不过,就算熊不扔石头,只消挥起它强壮的手臂,也极有可能一掌拍死那个羸弱的老翁。

用这么残忍的故事来规劝好事之徒,得出结论说没有任何东西会比愚蠢的朋友更危险。面对这条训诫,我呆呆地愣了一会儿。也许，对于扬来说，我就像是拉封丹笔下的那头熊吧？总会"不明所以"地让对方说出一些不足为外人道的事情，扒开别人的伤口，这样的人不正是一种比冷淡的陌生人更危险的存在吗？我觉得自己和扬之间现在也依然共享着一簇小小的贝之火。扬曾给我讲过一个类似的比喻，所以我的存在倒不至于让他感到讨厌或不自在。但——回想我们之间的对话，跟日常闲聊比起来，更多的是"不明所以"地触动内心的话题。当然，不能否认的是，我那点可怜的会话能力也有一定的关系。我们刚认识的时候，扬跟我说话总是尽量省略修饰句，精简信息，只谈本质，他的这份用心也是原因之一。尽管如此，也并不意味着这种谈话方式会成为样本，所有的对话都会略过中间，跳跃式地推进。话题的走向是在我们之间自然而然地产生的。宛如在退潮之后的圣米歇尔湾，在平日难得一见的浅海中似乎可以走到任何地方，埃米尔·利特雷和豪尔赫·森普伦就在这样的错觉中被联系在了一起。就像从利特雷的辞典出发，转而又飞向了拉封丹。但是，我突然想到一点。实际上我们不也在互相拍着对方身上看不见的苍蝇吗？不也拿错了应该投掷的东西吗？能够跟不会扔出铺路石的熊和平相处的，只有我身边这个抚摸着读不了的布质绘本的，没有眼球的天使。

开饭啦！随着一声招呼，餐桌上已经摆出了牛排、薯条和巴达维亚沙拉这种小餐馆式的经典套餐。凯瑟琳的座位正对着一面大大的穿衣镜，可以通过镜子将戴维的一举一动尽收眼底，我见状放下心来，开始像一头智商欠奉的熊一样，对满桌食物发起了猛烈的攻势。我已经两天没吃到肉了。面包还是前天讨来的那种，我掰下一块，蘸着搭配牛排的芥末酱大嚼特嚼。我告诉凯瑟琳，这正是我想吃到的东西，味道真是好极了，说完又开始狼吞虎咽。凯瑟琳不好意思地笑了笑，说她只是煎了牛排，炸了些冷冻的薯条而已。看着我风卷残云地吃光了盘中的食物，她说还有苹果挞做甜点，如果我想来一块的话。我说我当然想，不过等你先吃完自己的再说。她吃了还不到一半，听我这么一说，立刻耸了耸肩答应了。然后她慢条斯理地将肉、蔬菜、土豆交互送入口中，不时还关注着镜子里的情况。

"下午要带儿子去做定期体检，他很喜欢坐车，所以一到体检这一天就会很开心，兴致特别高，从来都不犯困。吹着风，听听车窗外的声音，那样子就好像能看见很多很多东西。"

接下来，她问了我不少问题，关于我的工作、我的家人、东京的生活情况，还有我与扬的结识。大概她还是觉得匪夷所思，两个人既不是大学校友，也没有共同出席过企业研修，更没有朋友的朋友之类可以想见的理由，居然只是相识于滚球场。当然，这种反应很正常。就连我自己都觉得奇妙。那是十几年前的一个星期天，深秋时节，在巴黎郊外的一座公园里与退休人士比赛滚球的扬，无疑是一名"优秀投手"。我仍然记得他掷出的决定胜负的一球。当时，多个对手球呈圆形布阵，以穴熊围①的阵势将目标球牢牢围住，扬用一记高高的飞球，从正上方垂直投下，将最具威胁的对手球弹到了外围。当他的球在完全相同的位置取代对手球的那一刻，发出了清脆的爆裂般的声响，如

---

① 日本将棋中一种最为坚固的守备阵型。

今声犹在耳。午餐会上,我与这位最年轻的参赛者搭上了话,言辞讷讷地送上赞美,我们之间的交往便由此开始。说起来,为什么他的照片里没有滚球题材的呢?大概因为自己参与其中,所以无暇顾及摄影吧?凯瑟琳的提问把我这个本来就很容易走神的人带向各种不同的场景。片刻之后,她起身离席,端来了表面闪耀着诱人光泽的蜜糖色翻转苹果挞和我在扬的家里无福享用的意大利浓缩咖啡。来,请你尝尝我做的苹果挞。然而,当我满怀期待地切下一块放入口中时,一阵下颚脱落般的剧痛突然袭来,我猛地皱紧眉头,与此同时,记忆倏地飞到了巴黎的郊外。那是什么时候的事情来着?在一个温暖的春日午后,我们打完滚球一起去了扬的工作室。我唠叨着嘴巴寂寞,扬站起身来跑去查看了一下冰箱,说虽然费点时间,但他可以做一道甜点，问我要不要吃。甜点？你做？当然咯！正好有一种点心我想试试。他拿来很多胡萝卜，跟砧板、削皮器和刀具一起搬到桌子上，命令我把胡萝卜切碎。不是你自己做吗？你帮着打打下手嘛！我用削皮器削去胡萝卜皮，吭哧吭哧地切成几毫米见方的碎丁，放进大碗中。扬则趁着这个工夫把面粉倒在另一半桌面上，堆成一座雪白的山，用手指在山顶挖了个泉眼，里面放入蛋黄和切成丁的黄油，开始认真地揉起面来。其间，扬将我切碎的胡萝卜分出八成左右，然后像给北非薄荷茶加糖似的，将用量惊人的砂糖从半空中纷纷扬扬地撒在面里，简单揉了几下之后，他灵巧地将面团拉伸成略厚的面坯，堆在一个底部开洞的烤派盘里。最后，他将剩余的碎胡萝卜丁铺在表面，又撒了一遍糖，将烤盘放入事先已经预热好的烤箱中。我为他熟练的手艺而折服,他说他是跟开过糕点店的外婆学的。厨房的窗户很高,足有一楼半那么高,我透过窗口朝外看去,只见对面车库的地面上支着一辆旧的标致轿跑车,一个大胡子男人正躺在车底下忙活着。清理过桌面之后,我一直用目光追踪着大胡子的动向。只见他几次发动引擎,调整排气孔的状况,引擎声和不闻其味的烟雾,与约二十分钟后飘来的焦香夹杂在一起,在我的心中引起一阵奇怪的骚动。新鲜出炉!扬端来了刚刚烤好的派,我马上操刀切分,趁他泡茶的时候偷偷用手抓起一块咬了一口。事情就发生在那一瞬。胡萝卜派的甘甜深深地沁入右后边那颗蛀牙,一阵剧烈的疼痛呲的一下窜到了背骨,我紧紧压住下颚两侧,将脸颊埋在手掌中,整个身体蹲在了椅子上。怎么了?不舒服?扬问我。我语不成句地应道：牙，牙……扬又追问了一句，没事吗？但我痛得无法给他正常的回应，仿佛有一根贯穿体内的铁丝正在被生生地往外拔，同时又被一个从背后突然逼近的暴徒用钝物猛地击中了后脑勺，我抽搐着，感觉一股燥热滞留在眼球深处，湿乎乎的眼眶里渗出了一层泪水。这时，扬发现扇形的胡萝卜派缺了小小的一角，笑了起来：哈！原来你偷吃了啊！所以才会这样。怎么了，你没事吧？这一次，我听到的是凯瑟琳的声音。但是我已经没有力气回答她了。无法挽回的时光正从我残病的下颌骨向控制着所有神经的看不见的中枢步步紧逼，一点一滴逆流而上。

沙贩路过

她头戴一顶大大的阔檐草帽,纤细的手臂拖着女儿的一只小手。女儿蹒跚不稳的脚下踩了一双沙滩凉鞋,鞋的襻带遮隐在亮粉色的海绵大花之下。小女孩一路走着,眼睛没看妈妈也没看大海,而是一直盯着下面,像要把沙滩也舔上几口似的。每当发现什么新奇玩意儿,小女孩都会突然蹲下去,将整个身体的重量吊在手臂上,赤着脚的母亲被拖拽着,为保持平衡向前迈出右腿,以免身体后仰。母亲的表情藏在阴影里,让人读不透。

薄云流转,日照虽然不算强烈,但走动起

来身上就立刻会渗出汗水。在一径延伸到远方的礁石旁边,天空的乳白与沙滩之白无界交融,形成一片光晕,睡眠不足的眼球深处仿佛也跟着麻木起来。工作日的下午,几乎见不到什么人。除了我们仨之外,浪花翻卷的岸边,只有一个半老男士领着一条柴犬模样的小奶狗在散步。小家伙眉间竖着几道黑色的褶皱,乖巧到连项圈都不需要戴,我指着它吸引小女孩的注意,她盯着那条正随着海浪的涌来而节节倒退的小狗认真观察了一会儿,抬起头看着我的脸问道:

"水,喝不喝?"

"你在说谁呀?"

"那个小狗,会不会喝水?"

"小狗啊,不好说哦,你知道海水是什么味道的吗?"

"是咸的。洋子老师说过。"

小女孩今年春天刚入园,"洋子老师"大概就是那家幼儿园里的老师吧。跟她交谈必须默认一个前提,即她认识的人,你当然也认识,唯其如此,对话才能继续推进下去。

"它不会咕咚咕咚一直喝,大概也就是舔几下,湿一湿鼻尖。"

"喝了海水,一定会口渴呀!"

听着我们的谈话,母亲的脸上终于浮现出一丝笑意,低头看着小小的同伴,用略显低沉但跟女儿相差无几的声音说道:"鱼为什么不会口渴呢?妈妈以前也觉得好神奇哟!这种事儿我居然都忘记了,是不是很奇怪?"后面这句话是回过头冲我说的。我当然克制住了自己,没有回答说那是因为海边的空气好。确实,人若生活在远离大海的地方,偶尔吹吹海风,用礁石的味道刺激一下鼻腔,会有舒畅呼吸、静心安神的功效，但对最近一两年来刻意逃避大海的她，这并不是一句合适的台词。转念一想，我对自己的这种谨小慎微也感到无比厌烦。用体贴或同情之类的词语来概括感情和行动之间的狭缝地带，归根结底都是局限于某种规范之内的八面玲珑。因下意识的举动获得赞美固然可贵，也会成为一种激励，但有些人会在大庭广众之下不经意地表示，自己已经做到了以己之所欲施人的程度，每遇此辈，我经常会陷入沉默。希望别人怎样待自己，自己便怎样待别人，这样的处世之道在某种情境之下或可体现出谦逊和内敛的品格，会让人感受到善意，但那也是自我安慰的一种表现。因为，所谓己所不欲，勿施于人，也是一种利己主义。可是，我也在心里对自己说，她几年前当了妈妈，与丈夫分居一年之后正式离婚，我作为此事的知情者,当然会有不得不忌讳的话题。

大二那年的夏天,通过好友,我认识了跟他年龄相差悬殊的小妹。我牵着她,漫步在好友家附近的房总①海滩上,左手的小指被她攥在柔软的掌心里,自那以后,我们就以她的哥哥为中介,若即若离地一直保持着交往。从情感上来讲,她即使不是亲妹妹,我也把她当小侄女一般看待。那年我二十岁,她六岁。那只手掌的濡湿感触,难道已经是十八年前的往事了吗?单从数字来看,那时她的年龄跟眼前这个忽而站起,忽而蹲下,急躁和温暾兼而有之的小女孩似乎不差上下,但实际上,四岁和六岁却有着天壤之别。当年的少女,跟我虽然是初次见面,却滔滔不绝地说了半天的话,几个小时的时间里,她不仅嘴巴不停,连手都没闲

---

① 即房总半岛,日本本州东南端向南突出的半岛。

着,双膝跪地,筑起一座比自己还要高的沙堡。为了不让沙堡被海浪冲走,我和当时健康状况尚可的好友用铁锹在四周挖沙掘石,打造出一道深深的壕沟,围住了蚁丘式的堡垒。当一座城池建好之后,她格外兴奋,完全不在乎衣服湿得有多厉害,只顾兴致勃勃地玩沙子,直到太阳西沉。

即使到了一定的年龄,一弯腰就能让人瞥到她发育中的乳房,但每到暑假,她还是要跟我们一起去海滩。她将自己裹在学校游泳课上穿的那种深蓝色的泳衣里,以令人费解的热情追忆当年打造的第一座城堡,像完成一种仪式,或者像尽某种义务一样,一边诉说一边堆沙建堡。我对她哥哥说,游游泳或玩玩沙滩排球倒也罢了,一个女孩子家,不找男朋友,却痴迷于这种游戏,是不是也该稍微注意一下。她耳朵很灵，听到了我的话，回头说道："既然有札幌冰雪节，也可以有沙子节呀！如果有堆沙堡的世界锦标赛，我绝对要参加哦——"句尾的语气与倏忽扫过的锐利眼风截然相反，显得格外柔和，让人猜不透她的话里有几分真，但是那表情却在我的心中烙下了印记。后来，好友在病房里度过的时间开始增多，每当有出院外宿的机会，她都会拖着哥哥和哥哥的朋友——也就是我——去海滩，理直气壮地说让哥哥多呼吸呼吸海风，其实最终目的依然是堆沙堡，连续几个夏天都乐此不疲。同时，她还开始复印欧洲城堡的图片，在速写本上画一些简单的草图。其中，她最中意法国的古堡，从旅游指南和摄影集中找出卢瓦尔河流域的城堡图片作参考，绘制出风格独特、尖塔林立的示意图。她说她知道，若想建造一座城堡，使用建筑师的厚纸材料制作纸模型，要好过撑不上一夜就会坍塌的泥沙，但是远远望着自己的苦心之作在涨潮时被冲毁，也是一种乐趣。她就是这么固执。

从防波堤上方的省道偶尔传来轮胎抚过颗粒粗糙的柏油路面时发出的声响。在这样一个车流量稀少的午后，与汽车的引擎声相比，橡胶与沥青的摩擦所造成的轮胎音听上去显得更为浑厚。这种连成带状的音乐与海浪声重合，将一片低沉的泛音送入耳中。我呼唤着小女孩——她的名字中有一个字取自她母亲的芳名——俨然像个父亲似的，从监护人那里轻轻夺过被监护人的小手，用自己的右掌裹住那只宛如圆沙包的左手，跟在背着网眼双肩包的母亲身后，向前走去。小女孩的右手上沾满了干掉的细沙。在没什么东西可捡的地方，她就故意把凉鞋踏进沙子里，拖着脚走路，画出歪歪扭扭的线条。她不停地回头欣赏自己创作的作品，扬起来的沙尘迷得她眼睛发痒，不知是因为闲着的那只手弄脏了，还是单纯因为怕麻烦，本来可以将干净的左手从我的右手中抽出来揉揉眼睛，但是她却将那只小手连同裹在外面的大手整个拉过来，在我的而不是她自己的手背上来回蹭着抓痒。从前我也曾经这样，和爸爸妈妈手牵手走路的时候，总是会借用他们的手背搔一搔自己脸上的痒处。这个动作重复了两三次之后，或许是忍无可忍，她终于把自己的手抽了出来，挠了挠小脸蛋，然后跑到我和她母亲的前面，开始一个人走路。一切事物在她的眼里都是新奇的。幼儿园里的游戏沙坑干净得连猫狗的粪便都不会有，这里却是全然不同的世界。

　　小女孩沿着海水浸到脚踝的浅滩，踩着细

沙朝前走，边走边弯下腰去捡贝壳，早就忘记了妈妈"不要蹲下"的叮嘱，白色的小裤头探出了黄色碎花连衣裙的下摆，两个圆滚滚的屁股尖儿全都被打湿了。"真没办法，好在带了干净的衣服可以换。哎，不要用力捏贝壳哟！会割到手的。"母亲再一次发出警告。被冲上岸的碎玻璃倒不用担心，因为海浪已经把它们磨得很圆滑了，但贝壳却不同，边缘有很多锯齿状的缺口，非常锋利，会割伤柔嫩的手指。真不应该把我父母家里的那些樱贝给她啊！那些薄薄的，用手指头摆弄一会儿就几乎要碎掉的贝壳，本来都放在桌子抽屉里，她一拿到就缠着我问是在哪里找到的。想当年，不用费什么劲就能捡到的樱贝，要多少有多少，是吧？是哪一年来着？那些薄片，透明得仿佛青春少女精心呵护的纤纤指端，她将它们积攒起来，再拿一个用于昆虫采集的、带隔断的木盒,在盒底垫上脱脂棉,像摆放美甲店里的样品似的,把这形状规整的"樱甲"放进去。那时,她有多大?我突然看向她交握在身后的双手,目光落在她的指尖上。

"刚才她就吵着非要出来。匆匆忙忙的,我把想到的东西塞到背包里,结果忘了带创可贴。"

"因为没带创可贴,所以要小心别受伤,是不是本末倒置了啊?"

"还真是。"她笑了。她一笑下颚就有些微微前突,平时不明显的轻微兜齿就会显现出来。深沟一般的酒窝亦跟从前别无二致。离开了我的手,独自走在前面的小女儿也原原本本地继承了她的这些特征。

"刚才经过省道时,路边不是有家便利店

吗？如果你不放心，我去帮你买吧？"

"不用那么麻烦，谢了。"

轻轻地摇摇头后，她将少了一个"谢"字的词语抛向我。在道谢的时候，她习惯说一个"谢"字就戛然而止。说出不带强迫意味的感激之词，在任何情况下都是很难的。她的"谢了"却是少数例外之一，但我已经很久都没听到了。原因之一是我在国外生活了将近三年，没有机会和她见面，直到朋友去世。她从当地一所工业技术高中毕业后，因经济条件的限制放弃了读大学，进入测量技师职业学校，开始半工半读。当我听朋友说她在做制图之类的工作时，脑海中浮现出的是她常用的那个封面是柿橙和墨绿双拼色的丸万速写本，里面全是用独特的插画手法描绘出来的沙堡的图样和建造顺序。在无形之地创造有形的事物。作为一名创作者，她所选择的岗位可谓相当低调,不参与现场,仅停留在虚构的阶段。我隐约感觉,这种偏好与热爱绘画或者喜欢建筑本身另有不同,而从她平常的言语和行动中也可窥见一斑。

然而,她本打算脚踏实地、扎扎实实地磨炼技能,却在入学不到一年的那年年底,不顾父母的反对,早早嫁做人妇。对方是中坚建筑企业的一名设计师,偶尔会登上讲台当助教。这位年龄比她大了一轮的水利工程专家,主要活跃在海滨的护岸工程领域,因此会在各个岛屿之间穿梭,这里住上几年,那里住上几年,统管建造工程,也就是施工现场的负责人。不知他对自己的经历是如何介绍的,总之,轻轻松松就让爱做梦的她堕入情网,不惜辍学。婚后,她跟丈夫在伊豆大岛生活了一段时间,但自怀孕时起,他到总部出差的次数陡然增多起来。她也开始渐渐觉察到他的目的,孩子出生之后,当她明白他的习惯依然没有改变时,当机立断,以跟闪婚同样的速度闪离。当然,这些情况我都是从朋友那里了解到的,朋友在从病房寄出的信中写道:跟沙堡相比,她的丈夫似乎更喜欢消波块或者钢筋混凝土,两个人不在一个频道上,关系逐渐疏离。虽然我得知了经过,但在读到随讣告一起寄来的信之前,并不知道离婚这样的结果。归国之后与她取得联系,我也从来没有碰触过这个话题,而她也对此三缄其口。

昨天是周日,我来到这座阔别已久的海边小镇,参加故友的三周年忌。陪着他朴讷的双亲和家乡伙伴,喝了一夜的酒,今日只得告假歇工。刚巧她打算带女儿去海滩,便邀我同行。我仅脱掉丧服上衣,摘下领带,就跟着她出了门。她在怀孕时和生育后一直傍海而居,离了婚反而刻意疏远海滩,也不倚仗近海的父母,知难而进,自己带着女儿住在内陆城市。昨天对她来说也是相隔数月的归省。

小女孩慢慢悠悠地走着,与带小狗的男人反向而行。不时还蹲下身去,全神贯注地捡东西。不知道是不是樱贝。那种浅樱桃色的花瓣似的甲壳,很快就会被海浪埋进碎石里。对于一个小孩子来说,要找到它并不容易。

"我去看看她,担心有浪。"

我在一堆像是被什么人烧焦了的木头旁边,脱掉鞋子和袜子,打着赤脚,视线一直没从小女孩的身上离开。正要挽起裤脚,我的身体一下子失去了平衡。就在这时,只听啊的一声轻轻的叫喊从上方传来,我条件反射般直起身,环顾四周。

"怎么了?"

"耳环不见了。好像是掉了,少了一只。"

她收起下颚,像小鸟一样歪着头,双手交叉在靠近肩膀的耳垂上,摘下一只用几叶薄薄的石片堆成花瓣形状的素雅的耳环给我看。记得她刚刚高中毕业时,曾经不无遗憾地说过,自己的耳垂很小,夹着的耳环总是会掉下来。这只耳环造型极朴素,在听说它掉了之前,我甚至都没注意到它的存在。

"来沙滩之前还在?"

"大概吧。"

"颜色这么素,沙子都成保护色了,找起来可不容易啊。不过,咱们还是回头去找找吧。"

我一边说,一边朝始终活动在我视线范围内的小女孩跑去。"咱们走吧?妈妈掉了东西,咱们去帮她找找好不好?"我牵着小女孩的手把她领回来,开始朝着与来时相反的方向走。幸亏小女孩刚才脚在地上拖过,凉鞋留下的痕迹在沙滩上一目了然。以木头块作平铲堆起来的沙山也变成了珍贵的地标。因为范围有限,如果运气好的话或许能找到它。我们蹲在地上,头凑到一处,不声不响,聚精会神地寻找丢掉的耳环,仿佛在比赛看谁先找到。离水越远,贝壳就越少,剩下的都是干掉的海藻和垃圾杂物,我们不时用小木棍儿将它们扒拉开,查看下面的情形。三个人的脚印重叠之处,前方的沙子也被翻得乱七八糟。彼此的棍子碰到一起时,像打仗似的,实在是滑稽,三个人冷不丁会突然爆发出一阵笑声。

"马德莱娜岛①寻宝也是这样的吗?"

---

① 加拿大圣劳伦斯湾,魁北克省东部的群岛,附近有爱德华王子岛和新斯科舍省。

"马德莱娜岛?"

"你在信里写过啊,法国寄来的信。"

"是吗?"

"是写给我哥的。哥哥说你一定是想讲给我听,就把信给我看了。对不起。"

"现在道歉也晚了吧?"

"嗯哼。另外你还写了沙堡的事儿。不记得了?"

记忆中,我确实在给好友的信里讲过那座岛。当然不是我亲身经历过的,而是从别人那儿听来的故事。那人每年暑假都会到鲸群聚集的胜地——楠塔基特岛去。在加拿大,前往魁北克属地马德莱娜岛有两条线路,一是从魁北克或蒙特利尔乘船,驶过源自安大略湖的圣罗兰河,即圣劳伦斯河,直接进入圣劳伦斯湾;另一条线路是搭乘由新不伦瑞克省始发的船，经纽芬兰岛和以《红发安妮》①而闻名的爱德华王子岛。我的这位相识选择的是后者，途经爱德华王子岛上的夏洛特镇。当时，在这个以渔业和旅游业为主要收入来源的小岛上，正在举办一年一度的与岛屿历史密切相关的主题寻宝活动和沙堡比赛。此人和他的朋友两项活动都参加了，但他觉得沙堡比赛比奖金丰厚的寻宝游戏要有趣得多。他说，建沙堡让人几乎处于陶醉痴迷的状态，因为场面实在是太壮观了。他热情地讲述精致的沙堡奇景，仿佛经历了一次伟大的冒险。这个赛事已经举办到第十届，设有儿童组、成人组、家庭组等好几个级别，有意参加的选手必须在报名的同时选择比赛的级别。最终评选的主题并不像冰雪节那样自由，而必须限定在"城堡"的范围内。

---

① 即《绿山墙的安妮》。

此人参加的是号称重体力级别的项目,要求年满十八周岁的成年人组成二至十二人的团队,作品的高度至少要达到一米。允许使用板子和容器等模具,但只能用沙子和水黏结。有的参赛队专门为这次比赛刻苦训练过,做出来的东西真是非同小可。从他拿给我看的照片来看,有五六层高的中庭架空的巴别塔,有整体施以高迪①风格的装饰,宛如蛞虫攀附在表面的怪异城堡,还有让人联想到马丘比丘②的山城式堡垒屹立其中。我不由得心生疑惑,觉得这样的作品不可能在现场即兴创作出来。这位亲历者告诉我,参赛者当然有权利带设计图纸

---

① 安东尼奥·高迪(Antonio Gaudi,1852—1926),西班牙建筑师,塑性建筑流派的代表人物。其以独特的建筑艺术称荣,被称作巴塞罗那建筑史上最前卫、最疯狂的建筑艺术家。
② 马丘比丘,秘鲁前哥伦布时期的印加遗迹,建于15世纪,位于海拔两千多米的山脊上。

去。我在信中向好友描述此事，只是为了鼓励他，尽管这种鼓励显得不切实际。我是这样写的：要不，也可以去马德莱娜群岛那种空气纯净的世外桃源，等时机成熟，还可以南下楠塔基特看看鲸鱼，也很助于疗养。当时他妹妹一直在陪护他，他把这件事讲给她听是很自然的事情。除儿童组以外，所有比赛项目都在上午八点至下午四点之间进行，每个级别的奖项都通过观众投票来决定。在人群聚集的会场，前方几米处就是蔚蓝的大海。比赛期间潮水的涨落是在考虑范围内的，但到了第二天清晨，海滩上就会沙归沙，土归土。每年一次，人们聚集在这座小岛，那些心怀奇思妙想的参赛者即使算不得该项目的职业选手，也会各显其能，为了建造一座一夜之间就会消失的幻影城堡而展开角逐。真是梦境般的经历。

"读完那封信,我就想,什么时候一定得去看看。"

"等一切都安顿下来,我就带着孩子去。"

"就你们两个人?"

"还会有谁呢?"

"……"

"总之,现在我们进行的就是寻宝比赛。"

我们逆向搜寻了很远一段距离,一直排查到通往车道的混凝土台阶,也只发现了零零星星几只颜色发白的螺贝,那只耳环最终也没有找到。我感觉有点累,盘算着找个地方铺上野餐垫休息一会儿,正转身时,只听小女孩高声叫了起来。

"找到了?"

"喝了!"

"喝了?你把什么吞下去了?"

"狗狗，喝了，海水。怪怪的脸。"

可能是看到我们正从海滩中央往省道的方向走，刚才那位狗主人松开了小狗的牵绳，让它自由奔跑。说是自由，狗狗也不肯离开主人，更不会跳进海里，充其量就是用自己天生湿漉漉的鼻子拱一拱同样湿漉漉的沙滩。是不是小狗用舌头舔海水的时候恰巧被她看到了？但我觉得狗狗只是趴在地上，不知道小女孩看到了什么。"你说它脸怪怪的，怎么个怪法？"我问她。

"脸伸到海里去啦，呃——鼻子揪揪起来。"

"那是皱纹聚在一起了呀！"

"它说，好咸！"

"是吗？真有可能呢！"

小女孩说她也口渴了，于是我们回到了刚才我脱鞋的地方。铺开一张大大的塑料布，母亲从背包里拿出矿泉水给女儿喝。三个人一起坐了下来。如果在沙滩上一直待着不动,耳朵和鼻子总是会变得比平时敏感,可以清楚地感受到拂过脸颊和额头的风所带来的气流和味道。此刻,耳边的海浪声盖过了车道上的声音。她将自己的瓶装乌龙茶递给我说,要是有啤酒就好了,这是我喝过的,不好意思。我接过来喝了一口,立刻蹙起额头对小女孩说:"哎呀好咸!"她吃惊地望着我,真诚地说道:"你喝我的水吧。"玩笑这东西就是一种暗语,只能对超过一定年龄的人才起作用。我不好说自己是骗她的,就拿了个淡蓝色的小塑料盖,倒了一点点她的进口矿泉水,用无比夸张的演技润了润喉咙。

"好了吗?"

"好了。谢谢你。"

"要是,能给狗狗喝,就好了。"

那只会用无眉的眉间来表达海水之咸的小狗,正被它的主人领着,已经走到了礁石的另一边,准备朝相邻的海滩移动。以我的视力,一只摇着尾巴站在原地的小狗的背影看起来只是一个甲板刷的毛尖儿。说起来,在马德莱娜岛的比赛中,在一个不属于比赛范畴之内的特殊项目里,更有能人制作了全套家居用品和一座动物园,从照片上看,表情丰富的狗、鳄鱼和河马们趴在沙滩上,简直让人难以相信那是用沙子打造出来的。为了满足一米以上的高度条件,甚至连长颈鹿也登台亮相,那长长的四肢和脖子究竟是怎么用沙子来成形的呢?就算里面有长筒撑着,表面也只允许用沙子和海水来固定啊。

如果樱贝和耳环也能用沙子来制作就好了,我边想边躺下去,伸开双腿,不在乎借来的丧服会沾上沙子。小女孩的母亲很自然地出现在我的视野,小长颈鹿般细细的脖子上沾了一些沙粒,我盯着看时,一阵风吹来,沙粒扑落扑落飞散,吹到了我的眼睛里。啊,对了,法语里好像用"沙贩路过"来表达困倦的意思,我眨了眨眼睛,意识渐渐飘远。突然清醒过来时,只见两只雪白的脚底板像海狮的尾巴一样甩在我的身边,中间夹着一个大球,微微地摇晃着。我撑起身体,从背后招呼了一声,小女孩的母亲转头看向我,她摘了帽子,头发扎成一束,跟从前一样露出了整个前额。早安,她说。她的女儿也模仿她道:"早安——。"

"要是有精神,来帮个手吧?"

她们俩正在堆沙堡。我起身看去,只见一个小小的圆锥体已经成形,一条大约二十厘米深的护城河围在四周,马上就要完工。是因为谈到了马德莱娜岛吗？还是因为看我睡过去了，为了能守在旁边消磨时间才想起来动工的？"在涨潮之前必须得抓紧时间赶出来呀！"她笑着说。那副笑容，已经不再是一个母亲，而只是一个还不到二十五岁的年轻女子。"没有创可贴，你也不担心受伤了？"我调侃道。她朝着女儿说："没关系的，对不对？"得到女儿肯定的答复之后，她再次背对着我，像蚂蚁一般上收下隆的纤细腰肢，在朦朦胧胧的意识里突然飘到了我的面前。

时间就在这时突然发生了扭曲。有什么关系，再陪我一会儿嘛！今晚你不是要回东京吗？所以只有现在了呀！十五岁的她胸前的沟壑中沾满了细沙，正在央求我和好友。像往常一样，她将一张从旅游杂志上剪下来的图片当作模板，摊开来铺在地面，图片上是法国南部的一座中世纪城堡。我们对她说,不管怎么赶,现在做也来不及,可是她固执己见,对我们的劝说置若罔闻,说自己连照相机都准备好了,绝不让步。我们拗不过她,只好屈服。当时的时间似乎也过了正午,潮汐涨落的水位也跟现在一样微妙难测,我们动手建造的是卡尔卡松城堡。形态诡异的尖塔间隔着一定的距离,坚固绵长的城墙上设有镂空的铳眼。那时我还很年轻,能够一面观察潮水的变化和日照的角度,一面参与突击赶工。如她所言,特意创造出一个明知将要毁掉的东西会让人体悟到脆弱无常,而与这种虚幻感互为表里的奇妙的成就感,却支撑着我和我那位病灶已经深深潜伏在体内的好友。若想再现中世纪的城堡,需要在事先划好线的沙地上挖出壕沟,这项任务虽然简单,但如果先完成它,我们就无法进入到内部。我建议应该先堆出主体建筑——相当于日本古城里的天守阁——及其周边,然后再做外围,但是她无视我的建议,为了预估出整体规模,坚持先做外围。结果,她在狭窄的空间里别别扭扭地占了个位置,犹如一只火烈鸟,踮着脚,贴着摇摇欲坠的塔楼,前后左右地移动着。当她像拧抹布似的扭着身子蹲下时,不知该说她太年轻还是太幼稚,尚未发育完全的腰臀有时会突如其来地贴近过来,让我觉得很尴尬,同时也为自己的尴尬而尴尬。如今,那画面就像昨天刚刚发生过一样浮现在脑海。当时,可能是因为挖得太用力,我的中指指尖被贝壳划出了很深的伤口,用海水洗去沙子之后,拿纸巾紧紧按压了好一会儿才终于止住血,最后她帮我缠上了印有卡通图案的创可贴。

我站起身来,因为血液回撤而感到一阵轻

微的眩晕。海浪比刚才的势头要猛，我晃晃悠悠地走到水边，一边拂去手上沾着的沙粒，一边用双手掬起一捧水，打算洗洗脸醒醒神。就在此时，聚集着海水筛过的黑色和茶色细沙的角落，忽然露出个淡淡的桃红色碎片，像蚂蚁群搬运的树叶那样万般无助、颤颤巍巍地飘忽浮沉，若隐若现。我急忙伸出双手，想连着沙子一遭捧起，怎料又一阵波涛席卷而来，瞬间将美丽的樱甲掳去。我不由得发出一声叹息，一个十五岁的少女应声回首。她的嘴巴周围沾着薄薄的一层白沙，宛如指甲上的一弯月牙。

在古堡

扁塌塌的航空信封里，除了一页折成四折的信纸之外，还附了一张失焦的黑白照片。镜头对着一堵昏暗的石墙，嵌在墙面正中的拱顶壁龛窄小逼仄，里面摆了把椅子。一名男子耸着肩膀，挤坐在椅子上，强行将自己的上半身塞进了壁龛里。他的左手搭在膝上，右手食指指向天花板，两只睁得大大的眼睛牢牢地抓住正前方的镜头不肯离开。那张胡子拉碴的脸有如蜡像一般浮凸出来，无疑是由于劣质的闪光灯所造成的不自然的反差。但我绝不会看错。因为这张右半边挤出了一丝淡淡的微笑，甚至还罕有地在公共场合摘下了眼镜的脸,除了我之外,的的确确不会属于其他任何人。我像是被人塞了一张陌生人的照片似的,盯着这张面孔看了一遍又一遍。那时的我比现在瘦削得多、脸颊塌陷,显得那么羸弱。我拿起那封用蓝色比克圆珠笔写的信,一字一句地读了起来。现在收到这张相片,你一定觉得很惊讶吧?——寄信人的字在纸上龙飞凤舞着——还记得吗?很久以前,我还住在 G** 的时候,你曾到我家来做客,那天中午我们喝了很多苹果酒,小睡了一会儿之后,傍晚时咱俩一起去后山散步,那里有一处古堡的遗迹……

说起来已经是将近十年前的往事了。一个通过翻译工作而结识的朋友邀请我去他家做客。他略长我几岁,住在诺曼底入口附近的一个小镇。我应邀而往,但没做任何准备,只是事先核对了一下火车时刻表。为了买车票,我当天一大早就赶到了车站,打算在站内邮局的提款机上取点钱当旅费,却忽略了一周用款限额的问题。没取到足够的钱;信用卡只有在超出一百法郎的消费时才能使用;支票账户上的余额为零,就这样,我陷入了几乎身无分文的窘境。好在手头还有点零钱,刚够买一张单程票。前一天晚上,朋友特意叮嘱我,上车要挑左侧的位子坐才能看到好风景,可能是因为出师不利吧,我有些精神恍惚,当发车站台确定以后,我急急忙忙通过检票口,登上已等候在站台的火车,进了车厢,一屁股就坐到了右边。等我回过神来想换个座位时,刚要起身,就听到呜里哇啦一阵喧哗,眨眼之间,一群德国老人把所有位子都占满了,不光是我所在的隔间,整个车厢都变成了他们的包场。这些人一坐下来就互相传递食物,啤酒和零食满天飞,本就安静的发车音被彻底淹没,列车不声不响地离开了站台。如果再来点酸菜和香肠之类的小吃,德式酒馆即可就地开张了呢——我正在胡思乱想,几个音节突然滑进了耳朵里:莫奈,吉维尼①。我不明就里,直到瞧见左邻的老妇人手上的一本小册子,才恍然大悟,他们要去参观那位最负盛名的印象派画家的故居。坐落着大画家的美术馆和著名花园的小村庄,每天都有好几班旅游巴士迎来送往,这趟火车是接驳巴士的少数列车之一。老妇人们正用一本小小的旅游指南确认圣地的位置,充实心中的期待,以躬逢其盛。

我被人高马大的德国人重重包围,蜷缩在

---

① 1883年,莫奈举家迁居塞纳河畔的小村吉维尼,一住就是43年,直至去世。

自己的座位上，忍受着辅音之雨从天花板淋漓而降，不知不觉竟打起盹儿来，直到一阵非同寻常的嘈杂声将我吵醒。列车到达换乘车站，这些昙花一现的旅伴似乎打不开隔间的门，被困在了车厢里。一个红脸膛的老人边敲玻璃边喊开门，昏昏沉沉之中，我被他的大嗓门彻底拉回了现实，见他正用力地将自己的体重压在那个滑溜溜的长柄门把手上。法国的火车我不是头一回坐，知道门把手不是向下扳而是向上扭，我拔刀相助，但于事无补，最后还是在列车员的帮助下，问题才得到解决。一行人对没起到任何作用的我无意致谢，一阵风似的下了火车。我未求感恩，却还是体味到一种好心没好报的失落感，但一转眼，注意力就移到了别处——那个经常爽约的家伙真的会在前方的小站等我吗？那个据说要介绍给我认识的女性，也就是他踏破铁鞋寻到的人生伴侣，真的会不惜请假陪他前来吗？

没多久我也下了火车，站在月台上，完全没必要特意搜寻。一是因为上下车的乘客寥寥无几，另外，我一眼就瞧见有个比同伴高出一头的女人在招手，而她身边那个蓄着大胡子、一年四季都穿着棉衬衫牛仔裤的小矮个儿，正是我那位朋友。乍一看，那女人的年纪大概在四十五岁以上，脂粉未施，穿着朴素，不讲究到几乎让人心生怜悯的程度。我微笑着走上前去，见她印有"杜绝艾滋"（STOP AIDS）字样的T恤衫上还溅了几滴黄色的果汁。她下身穿了条浅棕色的休闲裤，紧紧裹着隆起的臀部，左右裤袋的衬里像兔子耳朵一样翻了出来。简单的问候之后，我们互相亲吻脸颊，她的态度坦诚自然，就像相识多年的老朋友。很久都没见过这么快活的女子了，我十分满意朋友的选择。

从车站到两人所居住的G**，道路两旁嘉树林立，朋友的车沿着笔直的林荫大道一路前行。偶尔跃入视野的牧场上点缀着三五成群的母牛，一派闲适的风光。而随着市区渐近，不甚调和的街景开始次第呈现：一间间附设巨大停车场的大型超市盘踞在路旁，古老的石砌房屋之间夹杂着一些现代风格的廉租住宅，据说是为防止年轻人外流而建。我莫名地感觉到不适，但朋友说，他家那套带小花园的房子也是这种集团住宅之一，我自然不便口出恶评。而实际上，他们位于城郊的新居结构标准，布局合理，完全可以满足居住者最基本的舒适度要求。一进玄关，左手就是配有洗碗机的厨房，洗衣机和冰箱高度一致；卫生间和浴室格外宽敞，简直能赶上一个储藏室那么大；安装了巨大镜门的衣柜和一张双人床将卧室塞得满满当当，几乎看不到地板——这个好像就是为我准备的房间。另外还有一间面积大约十五叠席（约二十五平方米）左右的主房间，不带任何壁橱式的储物空间，只有自制的搁架围在四壁。

我们径直来到院子里，在餐桌旁落座，邻居家的猫咪一点都不怕生，越过栅栏来凑热闹。在小猫的陪伴下，我喝了很多据说是从附近的农家分来的气味浓烈的自制苹果酒，听他们介绍恋爱经过，天南海北地闲扯，聊着聊着，我居然倒在沙发上酣然入睡，全然不知那俩人为准备晚餐出门采购去了。他们回来叫醒我时，时间已经过了下午五点。女主人准备烘焙餐后甜点，问我想吃大黄挞还是树莓挞，我当即选择了前者。大黄的茎部粗大肥厚，也是女主人非常喜爱的植物类食材，她开开心心地进了厨房,我则接受朋友的邀请,去后山探访一座即将修复的古堡。那是一片布满碎石瓦砾的荒山,原本乏人问津,自从山中的一座城堡被认定为某位大主教的别墅之后,举世哗然,从前的荒山野岭一夜成名,成为人们关注的焦点。

　　穿过坡路遍布的旧城区,在唯一开着的咖啡馆买了烟,沿着私宅之间的狭窄小路一转弯,就到了森林的入口。地上覆盖着肥沃的天然腐殖土,雨点儿时不时落下几滴,带着这个地区特有的气味,混杂着泥土的芬芳,用一股甜香轻轻地抓挠着鼻腔。不知是谁打这儿经过过,踩实了坡道上的泥土,路很好走。初夏的繁枝茂叶拥裹着山路,大大的彩虹透过枝杈的间隙亮出了碎片。我们吃力地抬起自己缺乏运动的膝盖,向山顶走去,偶尔遇到横在路边的断木,就坐下来喘口气,断断续续地交谈。朋友一直找不到对象,却因缘际会遇到了如今这位年龄相差十岁、用她本人的话来说"有过几年婚史"的女人。之所以决定与她同居,搬到这个交通不便的偏僻地区,与她在古城的一家书店里谋了份职有关——那座古城因遭受过空袭的大教堂而闻名,距此地只有不到一个小时的车程——但最终促使他做出决断的,却是他七岁的外甥女。

这个自小颇得朋友宠爱的女孩子,第一次去教堂参加婚礼就制造话题,在幸福而庄严的静默中,突然向身边的妈妈发问:"神父是教徒吗?"朋友跟姐姐姐夫一起生活,她俨然以保护人的身份自居,舅舅的个人问题简直成了她的一块心病,一看到他就不停地追问:"别人都成双成对,为什么舅舅总是一个人待着?"终于,她盼望已久的女朋友出现了,介绍给她时,她当场表态:"虽然这个人的肚皮都鼓出来了,但是舅舅大有长进哟!"前言不搭后语的奇怪句式和天真率直的表现,让在座的偏胖女友先是一愣,随后便爆笑不止。当晚,二人在大家的默许下同住一室。翌日清晨,外甥女来叫他们起床,大概也有些胆怯,小女孩没敢敲门,就在门口踅来踅去,大肚皮女友察觉到之后,未及梳洗便起床开门,顶着一头乱发和一张素颜招呼她早安。数日之后,在学校刚刚学到"惊人"一词的小女孩在自命题的作文中这样写道:"舅舅的女朋友早上披头散发地从舅舅的房间里走出来,样子真叫惊人。"结果,姐姐两口子被班主任叫到了学校。

真是个语出惊人的小姑娘!我不由得感慨道。你站她那边才叫惊人呢!朋友抱着脑袋,故意做出很头疼的样子,但从语气和表情不难看出,他对自己的小外甥女宠爱有加,或许,他现在的同居伴侣所拥有的爽朗和直率跟他外甥女的特质是相通的。毕竟,她也是位女中豪杰,T恤上沾了果汁也能满不在乎地穿上身,还在洗手间的墙上贴了一张画满男性生殖器的班尼顿海报,笑着告诉我说,看遍了各种形状之后,她每天都要检查一下属于朋友的那个身体部件应该排在什么位置。对我来说,她们都是不乏"惊人"之举的奇女子,而很快,我也将遭遇一场堪称"惊人"的事件。

小镇的景观在林木的缝隙之间时隐时现,我们离开那片空地,穿过一条被朋友私下命名为王者之路的绿荫隧道,暮色渐浓时,从后面进入了古堡遗址。尽管争论不休,但数年来,人们依旧根据民俗历史学家提供的史料,在古堡里进行着从无到有的修复工作。如今,工程有将近一半尚未着手,除去围在栅栏里用作建材仓库的一角之外,裸露的地面和青草皆被细雨润湿,带着潮气,塔楼的玄色石屋顶缺了半边,像清水冲刷过的磨刀石一样,表面的粉层渗进石缝里,乌黑亮泽,闪闪发光。朝南的外立面虽然近乎完全修复,但其他部分的杂乱程度堪比建筑工地。据说,造成工程大面积延迟的原因,不仅在于通过历史记载和基石推断出的城堡的整体规模,也由于历史学家的看法不够统一——他们在面向花园的窗户和塔楼的形状处理上存在着分歧,并为此征询民意,最后,多数意见认为应在可行的范围内准确复原,却因资金问题又耽搁了好几年。

不过完全化为废墟的只有主楼部分,不远处那栋两层高的副楼,修复工作进展得很快,已被改造成公用场所,周末还可以作为婚礼殿堂来使用。据说在碎石铺设的中庭，系着红丝带的豪车偶尔可见。古堡遗迹公园的管理员以前曾住在这栋建筑一楼的拐角房间里。尽管该项目不知何时才能完工，但只要有市政厅财政部门的背书，且工程还在推进，就必须要在尽可能的范围内公之于众。因此，需要一名专职人员驻守此地，以接待和应对不定期来访的参观者。那位包住宿聘用的管理员现在搬到了山路入口处的一栋平房里独自居住。

"那人个头很高，目光锐利，体格精瘦，年龄大概在五十多将近六十岁吧，养了一条杜宾犬。说到这个，那狗真够可怜的。"朋友皱着眉头说道。"杜宾是很聪明的犬种，如果主人肯上心，准保能养得高贵又迷人，可那家伙好像只把它当作一条看门狗来对待，在平房旁边搭了个狗窝，成天把狗关在里面，几乎从不带出去遛弯儿。只是偶尔会在确认游客都走光了之后，才把大门关上，放狗到院子里撒撒欢儿。"

"要是有人还在里面怎么办？能控制住吗？会不会扑上去咬人什么的？"

"奇怪的是，并不会哦。我被它追过。骂骂咧咧地在后面穷追不舍。"

"杜宾犬会说话？"

"别傻了，我说的是狗主人。跟着狗一起追过来。凶神恶煞的，那架势就好像自己是这里的最高统治者。毕竟，他连法兰西共和国的总统都赶出去过。"

当时，大部分工程还在施工中，尚未对外开放，一位温文尔雅的老者带着几个随从来到此地，提出想参观这处伟大的文化遗址。而我们这位看门人显然没有认出对方是共和国总统，断然拒绝道：正在修复的城堡禁止参观，除非你有政府办公室开出的许可证。即便着了慌的随从们异口同声地亮出身份:"你可知来者何人?此乃堂堂总统阁下!①"看门人也不为所动,反而更加义正词严:如果是总统,就更应该为世人做出表率,必须拿到政府的许可证才能进去。至于他为什么没被辞退,谁也不明白原因,不过从道理上来讲,管理员的做法无可厚非。

连国家元首都不得而见的修复中的圣域,正缓缓沉入落日的余晖中。只成形了一半的西侧山墙将周遭开始在微风中轻摇款摆的绿意悄然吸入,空荡荡的土地上嵌着一口人工池塘,此刻浆染上一层神秘的色彩,比之孕育出垂柳和睡莲的大画家的作品也毫不逊色。铺在池底

---

① 作者在此处套用了日剧《水户黄门》中的经典台词:你可知来者何人?此乃堂堂副将军水户光圀大人!

的石板微湿,没有一滴水,却仿佛发出了淙淙清响,凉风吹拂,扫过酒意散尽的身体。然而,或者说几乎是必然的,此情此景让我萌生出一个念头,渴望到城堡的内部去查探一番。如果错过了这个机会,可能一辈子都不会踏足这样的小镇,进入这样的风景。乍看过去,围墙也没多高,应该可以从在建部分轻松进入。我刚说出自己的想法,朋友立刻摊开双手,模仿着他外甥女的句式说道:"舅舅的日本朋友哭着喊着要看城堡,样子真惊人。"我笑着说,就知道你会来这套。

我身轻如燕地爬上石墙,迅速跳进墙内,悄悄地从立面前经过,尽量不让脚下的碎石发出声音,一口气跑到了从高处的山路上见到过的建材堆放场。房子的窗户还没安装窗框,空洞的窗口用木方堵住,透过缝隙可以看出,里面是一个天井高阔的大厅,让人不禁联想到教堂。因为四处漏光,所以不像鬼屋那样阴森诡异,但即将倒塌的墙面却具备了一定的骇人效果,踏入其中似乎需要足够的勇气。尽管如此,也没有动摇我赶在太阳落山前从塔顶俯瞰前方小镇的决心。我等待朋友越过栅栏追上来,却忘记了一个关键的问题。虽然他和我一样高,但体重却是我的一倍半。好一会儿没见到他,我开始担心起来,再次回到墙边喊他,发现这老兄在墙那边忙得正欢。他将一条狭窄的小路用到了极致,似乎在做助跑,冲到墙边便纵身跃起,几根香肠般的胖指头眼看就要扒住墙顶,却马上掉了回去,这套动作反复数次,锲而不舍,费了九牛二虎之力,他才成功地将身体挂上了墙头。此刻,像是游过了长距离泳道之后爬上泳池边时那样,他将不听使唤的身体徐徐撑起,再将两条腿依次骑上墙垛,脸上才终于露出了笑容。

他咚的一声跳到地面上，扭扭捏捏地站起身来，见我担心被人发现，马上将刚才的笨拙抛到了九霄云外，拍着胸脯保证没问题，我这才稍微放下心来。撬开满是裂缝的大门，我们沿着通道慢慢朝塔楼走去。也许是通风较好，即使有灰尘也闻不到什么异味。若是有陈列在玻璃柜中的城堡模型或堡主的肖像画倒也罢了，但这个空间以修复容器为先决条件，里头的内容实在乏善可陈。我们终于找到通向塔顶的楼梯，爬上台阶，发现阶梯中段的缓步台通向一个小房间，房间里面的壁龛中摆着一把美术馆监视员坐的那种圆椅子。朋友童心骤起，先跑过去想坐进去，无奈那里装不下他宽肥的躯体，轮到我尝试，我才发现壁龛确实窄小，连我也只能勉勉强强才塞得进去，肩膀还必须向前伸着才行。机会难得,我想耍个宝,便摘下了眼镜,故意摆出圣人的姿势,他从背包里拿出一个小相机。为了将整个祭坛完整地收入取景框,必须拉开足够的距离,他一直退到刚才的楼梯平台上,按下了快门。随着一道雪白的电光闪过,一声怒吼骤然响起,震得整栋建筑仿佛都在摇晃。我们魂飞魄散,瑟缩不已。

不,瑟缩的是我的朋友,而我此时正陷在一个狭窄的缝隙里,从一开始就是缩着的,所以应该用僵住来形容自己才更为恰当。你是干什么的?为什么会在这里?!因为墙壁挡住了视线,从我的位置看不到声音的主人。只能听到那个在我的想象中浓髯密髭、双目狰狞的看门人的斥责声从楼下传上来。你翻墙的时候我就瞧见了!看门人步步紧逼道。朋友一个劲儿地赔着不是,对不起对不起,您瞧,我只是想知道,从这顶上看日落会有多美。他到底打哪儿学来的这身应对本领?听得出,他一边巧妙地掩饰住我的存在,一边将看门人引到了出口。这种故意隐瞒应该是某种暗号,大概是告诉我待在这里别动。一念及此,我在壁龛中即刻化身为被杜宾犬吓得战战兢兢的东方僧人,脊背感受着暮气中的凉意,一动也不敢动。可是,被扔在这种地方,即使成功逃脱,不也找不到回去的路吗?我连他那位"惊人"的伴侣特意为我烤制的大黄挞都没吃到,就要在暗夜之中倒毙荒野吗?今天早上离开巴黎时但凡能取出点儿钱,此刻也能派上用场吧——贿赂贿赂管理员,请他放我们一马——我一边懊悔,一边犹豫着要不要追上去自首,俨然成了小说里的主人公,竖起耳朵仔细辨听着敌军的脚步声。被俘的朋友能获释吗?还是会被押送到别的什么地方？那门卫连总统都敢惹，搞不好会把俘虏交给警察呢。

当我确信他们的动静终于消失在了石墙的另一边时，立即还俗，点燃了一根可能比闪光灯更危险的香烟，借以打发这段难挨的等待。然而，时间过去了二十分钟，三十分钟，朋友依然没有来接我。初夏的山野，天光正在被一点点夺走，连活物的气息都感觉不到。莫奈，吉维尼。德国的老爷爷老奶奶们顺利搭上巴士了吗？欣赏到搭垂在清澈水面上的那些蓝绿紫的光枝了吗？无论变得多么世俗化，在那个睡莲的宏大画面上，也有人类创造出来的最纯净、最宁静的光源。如果我和他们搭上同一辆巴士，此刻应该沉浸在流光溢彩的记忆中，而不是尘土飞扬的黑暗里。但现在我却必须考虑，如何才能从这片废墟尽快脱身，简直刻不容缓。

没有点着打火机,我手扶墙壁,深一脚浅一脚地沿着走廊前进,避开碎石路,经由一条铺了少许草皮的小径返回到原点。在刚才我们俩闯进来的地方,我竖起耳朵仔细聆听着周围的声音,确认没有人后,爬上围栏,飞身跃下,顺着与森林隧道相反的方向朝山下一路狂奔。山路的坡度让我的膝盖一次次轮空,当我意识到在黑暗中这么跑下去会很危险时,前方已经出现了微弱的橘黄色的光晕。我放慢脚步,朝那个方向走去,只见一段带铸铁栏杆扶手的水泥台阶伸向下方,沿阶亮着小小的路灯。连滚带爬地下了山,等待我的居然是一扇比街头公园的围栏还要高出许多的铁栅门!万事休矣。我绝望地抬头望着漆黑的天空,耳朵却在这时捕捉到了微弱的声响。定睛一看,拿着手电筒的朋友和他女友的身影模模糊糊地浮现在夜幕中。我激动得差点哭出来,已经顾不上兴师问罪,只知道喊着他的名字,像是囚犯在向一个看不见的狱卒祈求,双手抓着铁栏杆,一下又一下地摇晃着大门;如同那个被困在开往吉维尼的火车车厢里的德国人,仿佛要摆脱折磨全人类的可怕记忆一般,发出无力的尖叫:"开门啊,快开门啊!"

《KUMA NO SHIKIISHI》
©Toshiyuki Horie, 2004
All rights reserved.
Original Japanese edition published by KODANSHA LTD.
Publication rights for Simplified Chinese character edition arranged with
KODANSHA LTD.
through KODANSHA BEIJING CULTURE LTD. Beijing, China

本书由日本讲谈社正式授权,版权所有,未经书面同意,
不得以任何方式做全面或局部翻印、仿制或转载。

著作权合同图字:18-2021-275